中国诗词大会

ZHONGGUO SHICI DAHUI

第二季（上册）

DIERJI SHANGCE

《中国诗词大会》栏目组 编著

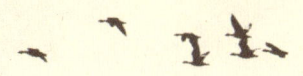

北京联合出版公司
Beijing United Publishing Co.,Ltd.

坚定文化自信 坚持创新创优

制作播出大型文化类节目《中国诗词大会》是中央电视台深入学习宣传贯彻习近平总书记系列重要讲话精神、传承弘扬中华优秀传统文化的重要举措，也是坚持创新创优出精品、保"高原"攀"高峰"的积极探索。丁酉新春，从大年初二开始，由中央电视台科教频道制作的《中国诗词大会》第二季亮相央视荧屏，连续十天在黄金时段播出，带领观众领略中华文化魅力、感受诗词独特韵味，节目内容形式清新扑面，雅俗共赏，引爆全民追看热潮，迅速在"大屏小屏"走红，被誉为"春节新年俗"。

节目播出后得到中央领导同志的充分肯定和社会各界的广泛称赞，首轮播出吸引了近12亿人次收看，互动人次超过4000万，微博话题阅读量突破1.3亿次，海外社交平台Facebook的总浏览量也高达824万次，形成现象级传播。人民日报、新华社、解放军报、光明日报、文汇报等多家媒体对《中国诗词大会》第二季进行了深入持续报道，广大观众、网友纷纷点赞，认为节目植根优秀传统文化，在第一季的基础上不断开拓境界，"形式新颖，格调高雅，是展示中华文明的优美画卷"。

诗词作为民族文化精粹，是中华文化极具韵味的精神和情感表达。党的十八大以来，以习近平同志为核心的党中央高度重视传承弘扬中华优秀传统文化。习近平总书记多次强调和论述了中华优秀传统文化的重大意义、历史源流、思想精华和鲜明特质，回答了中华传统文化"从哪里来、向哪里去"和"传承什么、怎样传承"等重大理论问题和实践问题，是马克思主义文化理论的丰富发展，集中体现了当代中国共产党人的鲜明文化观，充分反映了我们党高度的文化自觉、坚定的文化自信和强烈的文化担当，具有很强的思想性、战略性、指导性、针对性，为我们指明了前进方向，提供了重要遵循。《中国诗词大会》从创作之始，就把传承弘扬中华优秀传统文化作为一条主线，牢牢把握贯穿其中的思想理念、传统美德、人文精神，坚持"赏中华诗词，寻文化基因，品生活之美"，创新方法手段，激发情感共鸣，以文化人、寓教于乐，像一道清流浸润人心、滋养灵魂。在我看来，这台节目的成功，得益于"三个坚持"。

第一，坚持中华文化立场。习近平总书记强调，"文化自信是更基础、更广泛、更深厚的自信"，"是更基本、更深沉、更持久的力量"，"我们生而为中国人，最根本的是我们有中国人的独特精神世界，有一脉相承的精神追求、精神特质、精神脉络"。《中国诗词大会》坚持中国精神、中国风格、中国气派，从诗词文化中汲取营养，对中国历史、中国文化、中国故事进行高度凝练，透过耳熟能详的诗词名句，引导观众不断增强对中华优秀传统文化的认同感和归属感。第二季节目在内容上继续拓展提升，《诗经》《楚辞》、汉魏六朝诗、唐宋明清诗词尽在其中。特别是将毛泽东诗词纳入题库，通过《七律·长征》《沁园春·雪》《清平乐·六盘山》等气势磅礴、寓意深刻、意境高远的著名诗篇，为古典诗词注入革命文化、红色文化基因，进一步升华了节目的思想内涵。嘉宾专家的点评精彩精辟，把中华诗词中蕴涵的天下兴亡、匹夫有责的担当精神，舍生取义、精忠报国的爱国情怀，崇德向善、见贤思齐的优良品格，求同存异、和而不同的处世方法，形神兼备、情景交融的美学追求等，用通俗易懂的方式进行阐释，很多点评的金句在网络上迅速热传，成为节目的一大亮点。

第二，坚持面向基层、面向群众。习近平总书记强调，要牢固树立马克思主义文艺观，坚持以人民为中心的创作导向。源远流长的诗词歌赋早已融入民族血液，成为每一个中国人的文化印记。《中国诗词大会》能够成功，最根本的原因还在于广大观众对中华文化的热爱，在于诗词中蕴藏的"真善美"最能触碰心灵、发人深省。《中国诗词大会》节目就是要通过展示普通中国人的诗词情结，着力挖掘弘扬中华民族的文化之"根"、精神之"魂"。节目在选手选拔上，坚持面向基层群众，努力塑造鲜活有个性的平民选手明星。一百位选手从全国各地的普通诗词爱好者中遴选而出，上至七旬老人，下至七岁儿童，既有大学教师，也有工人农民，还有在中国学习工作的外国友人。节目在比拼诗词时，讲述选手与诗词结缘的感人故事，腹有诗书气自华的独臂女孩张超凡、在工作之余抄读古诗文的小伙子毕凯、用诗词磨练意志的抗癌农民白茹云等众多选手，给观众留下了深刻印象，不仅展现了诗词之美，更让人看到了诗词熏陶下的高尚灵魂，看到了当代中国人的精气神。

第三，坚持创新创优。《中国诗词大会》第二季适应分众化、差异化传播趋势，在强化知识性的同时，注重趣味性、可视性、参与性和互动性，通过轻松愉快的综艺比拼，让观众在快乐中汲取文化营养。一是借鉴古人行酒令时的文字游戏，增设"飞花令"对抗环节，在每场比赛中设置诗词中的高频字"花""云""春""月""夜"等为关键字，选手轮流背诵含有关键字的诗句，考查诗词储备能力、临场反应和心理素质，提升节目观赏性和期待度。二是营造唯美诗意的水舞台空间，现场多幅超大屏幕完美呈现诗词意境，梯田造型线条优美流畅，诗意盎然。三是因循诗画同源，巧用沙画出题，选手在沙画绘制过程中限时竞猜，展现古典诗词意境，增强了视觉冲击力。

弘扬中华优秀传统文化，推出更多有思想、有温度、有品质的节目，是当代电视人义不容辞的文化使命和责任担当。近年来，中央电视台传承优秀传统文化根脉，传播社会主义核心价值观，推出了《中国汉字听写大会》《中国谜语大会》《中国成语大会》《中国民歌大会》《朗读者》等一批融艺术性、思想性、观赏性于一体的精品力作。2016年2月，习近平总书记在视察央视时，专门表扬了这些优秀节目。"文运同国运相牵，文脉同国脉相连。"《中国诗词大会》等节目引发的热潮，体现了广大观众对中华优秀传统文化强烈的思想认同与精神渴求，而这份认同和渴求，与中华民族伟大复兴的中国梦始终紧密契合、同向而行，昭示着中华儿女在中国共产党的坚强领导下必将更好地走进新时代、创造新辉煌。

古人云：诗者，天地之心也。人生自有诗意，时代呼唤新篇。正如习近平总书记所说，"今天，我们比历史上任何时期都更接近中华民族伟大复兴的目标，比历史上任何时期都更有信心、有能力实现这个目标"，"我们有责任写出中华民族新史诗"。中央电视台一定继续牢固树立"四个意识"，深入学习宣传贯彻习近平总书记系列重要讲话精神和治国理政新理念新思想新战略，贯彻落实《关于实施中华优秀传统文化传承发展工程的意见》，牢记职责使命，坚定文化自信，坚持创新创优，以更多优秀电视节目，弘扬中华优秀传统文化，为党的十九大胜利召开营造良好舆论氛围，为实现"两个一百年"奋斗目标和中华民族伟大复兴的中国梦作出新的更大贡献。

聂辰席

作者系中宣部副部长　国家新闻出版广电总局局长
国家版权局局长兼中央电视台台长

目 录

序 坚定文化自信 坚持创新创优（聂辰席）/ I

第一场

我劝天公重抖擞，不拘一格降人才 / 01
个人追逐赛
　　1号选手　冯子一 / 03
　　2号选手　扎西才让 / 05
　　3号选手　张超凡 / 07
　　4号选手　刘泽宇 / 09
擂主争霸赛
　　彭　敏 vs 刘泽宇 / 11
自我评价及答案 / 13
一语天然万古新·嘉宾点评 / 15
诗词不厌百回读，熟读深思子自知 / 26

第二场

关关雎鸠，在河之洲 / 29
个人追逐赛
　　1号选手　陈　更 / 31
　　2号选手　李浩源 / 33
　　3号选手　姜闻页 / 35
　　4号选手　孙东辉 / 37
飞花令
　　时秀元 vs 陈　更 / 39
擂主争霸赛
　　陈　更 vs 彭　敏 / 43
自我评价及答案 / 45
一语天然万古新·嘉宾点评 / 48
诗词不厌百回读，熟读深思子自知 / 61

第三场

好雨知时节，当春乃发生 / 63
个人追逐赛
　　1号选手　叶　飞 / 65
　　2号选手　张淼淼 / 67
　　3号选手　朱　捷 / 69
　　4号选手　王子龙 / 71
飞花令
　　王婷婷 vs 张淼淼 / 73
擂主争霸赛
　　张淼淼 vs 陈　更 / 75
自我评价及答案 / 77
一语天然万古新·嘉宾点评 / 80
诗词不厌百回读，熟读深思子自知 / 95

第四场

东临碣石，以观沧海 / 97

个人追逐赛
- 1号选手　闪　帅 / 99
- 2号选手　弋　锒 / 101
- 3号选手　武亦姝 / 103
- 4号选手　毕　凯 / 105

飞花令
- 陈思婷 vs 武亦姝 / 107

擂主争霸赛
- 武亦姝 vs 陈　更 / 109

自我评价及答案 / 111

一语天然万古新·嘉宾点评 / 114

诗词不厌百回读，熟读深思子自知 / 124

第五场

儿童相见不相识，笑问客从何处来 / 127

个人追逐赛
- 1号选手　肖如梦 / 129
- 2号选手　曹　羽 / 131
- 3号选手　朱　捷 / 133
- 4号选手　王若西 / 135

飞花令
- 李宜幸 vs 肖如梦 / 137

擂主争霸赛
- 李宜幸 vs 武亦姝 / 139

自我评价及答案 / 141

一语天然万古新·嘉宾点评 / 144

诗词不厌百回读，熟读深思子自知 / 153

主持人嘉宾寄语

人生自有诗意（董卿）/ 157

好雨知时节，当春乃发生（王立群）/ 159

诗，可以火（康震）/ 163

诗词之用（郦波）/ 168

春风吹水绿参差（蒙曼）/ 173

附录

诗词索引 / 176

《中国诗词大会》电视节目主创人员 / 180

后记

创造性转化与创新性发展
——《中国诗词大会》的创新探索（张宁）/ 183

第一场

我劝天公重抖擞，不拘一格降人才[1]

中国诗词是浸润在每个中国人血脉里的文化基因。《中国诗词大会》第一季播出之后，受到广大观众的喜爱和关注，唤醒了我们心底最亲近也最温暖的那份记忆。第二季我们再次集结，将广大诗词爱好者们汇聚在一起，以诗会友。回望中国诗词的历程，光芒熠熠，意气风发，正是一路走来一路歌。

赵翼《论诗五首》中"江山代有才人出，各领风骚数百年"①，曾经何等昂扬向上！

盛唐谪仙李白更是豪迈，道虽多阻，又怎能折损"天生我材必有用"②的豪迈奔放！

古语云："长江后浪推前浪"，延续着古人的情怀，我希望我们的选手在《中国诗词大会》第二季的舞台上挥斥方遒，绽放光芒。

——董卿（《中国诗词大会》主持人）

论诗五首 ①
【清】赵翼
其一
满眼生机转化钧，天工人巧日争新。
预支五百年新意，到了千年又觉陈。
其二
李杜诗篇万口传，至今已觉不新鲜。
江山代有才人出，各领风骚数百年。
其三
只眼须凭自主张，纷纷艺苑漫雌黄。
矮人看戏何曾见，都是随人说短长。
其四
少时学语苦难圆，只道工夫半未全。
到老始知非力取，三分人事七分天。
其五
诗解穷人我未空，想因诗尚不曾工。
熊鱼自笑贪心甚，既要工诗又怕穷。

将进酒·君不见 ②
【唐】李白
君不见黄河之水天上来，奔流到海不复回。君不见高堂明镜悲白发，朝如青丝暮成雪。
人生得意须尽欢，莫使金樽空对月。
天生我材必有用，千金散尽还复来。
烹羊宰牛且为乐，会须一饮三百杯。
岑夫子，丹丘生，将进酒，杯莫停。
与君歌一曲，请君为我倾耳听。
钟鼓馔玉不足贵，但愿长醉不复醒。
古来圣贤皆寂寞，惟有饮者留其名。
陈王昔时宴平乐，斗酒十千恣欢谑。
主人何为言少钱，径须沽取对君酌。
五花马，千金裘，呼儿将出换美酒，
与尔同销万古愁。

---

1 《己亥杂诗三百一十五首》（其二百二十）【清】龚自珍
九州生气恃风雷，万马齐喑究可哀。我劝天公重抖擞，不拘一格降人才。

《中国诗词大会》王者归来，再次开启。第一季诗会辉煌的成功和第二次诗词大会的开始，都有力地显示出，中国诗词的确是非常充分地表达了中国人的情感、中国人的理想，最为精准地表达了中国人的气派，也象征着中国人的精神。宋代大诗人苏东坡的"大江东去，浪淘尽，千古风流人物"③，道尽了我们这个伟大民族的文化自信。

毛泽东的"数风流人物，还看今朝"④更是气象雄浑。

我想我们今天在座的每个人都是今朝的风流人物，我们也一定能够代表着我们这个时代的精神，展示我们的风采。

——康震（北京师范大学文学院教授、博士生导师）

《中国诗词大会》是一个充满春天气息的节目，想送宋代朱熹的一首《春日》给大家。"胜日寻芳泗水滨，无边光景一时新。等闲识得东风面，万紫千红总是春。"⑤诗词大会中，打擂台只是引子，更重要的是以诗会友，神交古人。所以我希望通过这种形式、这个节目，能够让大家不仅收获春天的万紫千红，收获诗词的万紫千红，更收获人生的万紫千红！

——蒙曼（中央民族大学副教授、北京大学历史学博士）

③ **念奴娇·赤壁怀古**
【宋】苏轼
大江东去，浪淘尽，千古风流人物。故垒西边，人道是，三国周郎赤壁。乱石穿空，惊涛拍岸，卷起千堆雪。江山如画，一时多少豪杰。

遥想公瑾当年，小乔初嫁了，雄姿英发。羽扇纶巾，谈笑间，樯橹灰飞烟灭。故国神游，多情应笑我，早生华发。人生如梦，一尊还酹江月。

④ **沁园春·雪**
【现代】毛泽东
北国风光，千里冰封，万里雪飘。望长城内外，惟余莽莽；大河上下，顿失滔滔。山舞银蛇，原驰蜡象，欲与天公试比高。须晴日，看红装素裹，分外妖娆。

江山如此多娇，引无数英雄竞折腰。惜秦皇汉武，略输文采；唐宗宋祖，稍逊风骚。一代天骄，成吉思汗，只识弯弓射大雕。俱往矣，数风流人物，还看今朝。

⑤ **春 日**
【宋】朱熹
胜日寻芳泗水滨，无边光景一时新。等闲识得东风面，万紫千红总是春。

诗词之乐何处寻？

个人追逐赛

1号选手

冯子一

小荷才露尖尖角，早有蜻蜓立上头。

小　池
【宋】杨万里

泉眼无声惜细流，树阴照水爱晴柔。
小荷才露尖尖角，早有蜻蜓立上头。

冯子一：来自上海，8岁，小学四年级学生。三岁开始背诵古诗词，他朗诵了一首唐代孟郊的《游子吟》，送给妈妈和姥爷。在"个人追逐赛"环节共答对 2 道题，得分 27 分。

1. 请从以下九个字中识别一句五言唐诗。

随	入	潜
来	风	里
雨	山	夜

【分值：11】

2. 请从以下十二个字中识别一句七言唐诗。

君	劝	一	杯
更	莫	衣	酒
尽	惜	金	绿

【分值：16】

3. 请填字。

随	意	春		歇
王	孙	自	可	留
花	芳	草	兰	芬

【分值：15】

4. 请对上句。

孤	帆	一	片	日	边	来
两	猿	岸	山	对	啼	
相	声	青	声	出		

【分值：15】

5. 王昌龄诗《芙蓉楼送辛渐》中"洛阳亲友如相问，一片冰心在玉壶"的"冰心"象征着哪一种情感？（　　）

　　A 思念家乡之情
　　B 思念亲友之情
　　C 清正廉洁的品质

【分值：15】

6. 李商隐诗《锦瑟》中"沧海月明珠有泪，蓝田日暖玉生烟"的"珠有泪"典故是指谁？（　　）

　　A 东海鲛人
　　B 南海鲛人
　　C 北海鲛人

【分值：15】

7. "问世间、情为何物，只教生死相许"中哪个字是错误的？（　　）

　　A 世×—事　　　　B 只×—直　　　　C 教×—叫

【分值：15】

8. 下列诗句，哪一项是正确的？（　　）

A 东风恶，欢情薄。一怀愁绪，几年离索。
B 东风恶，欢情薄。一抔愁绪，几年离索。
C 东风恶，欢情薄。一杯愁绪，几年离索。

【分值：15】

9. 请问下列哪一项不是描写音乐的？（　　）

A 昆山玉碎凤凰叫，芙蓉泣露香兰笑。
B 轻拢慢捻抹复挑，初为霓裳后六幺。
C 惊塞雁，起城乌，画屏金鹧鸪。

【分值：15】

计算得分：

选手未答出的题目，统一按15分计算。

2号选手

扎西才让

天苍苍，野茫茫，风吹草低见牛羊。

敕勒歌

【南北朝】佚名

敕勒川，阴山下。天似穹庐，笼盖四野。
天苍苍，野茫茫，风吹草低见牛羊。

扎西才让： 来自甘肃省甘南藏族自治州，生活在甘南桑科大草原。在现场用藏语朗诵了贺知章诗《回乡偶书》。在"个人追逐赛"环节共答对 4 道题，得分 124 分。

1. 请从以下九个字中识别一句五言唐诗。

举	上	月
明	头	霜
杯	酌	邀

【分值：59】

2. 请从以下十二个字中识别一句七言唐诗。

千	一	日	黄
万	还	白	曛
里	江	陵	红

【分值：36】

3. 请填字。

待	到	重	阳	日
还	来			菊	花
对	赏	把	就	看

【分值：6】

4. 请对上句。

千	树	万	树	梨	花	开
忽		东	风	春		吹
一		如		笑	夜	来

【分值：23】

5. "独在异乡为异客，每逢佳节倍思亲"中"佳节"指的是哪个节日？（ ）

A 端午节
B 中秋节
C 重阳节

【分值：15】

6. "劳歌一曲解行舟，红叶青山水急流"中"劳歌"指代下列哪种含义？（ ）

A 赞美劳动
B 送别友人
C 歌颂自然

【分值：15】

7. 李白诗《梦游天姥吟留别》中"云清清兮欲雨，水澹澹兮生烟"哪个字是错误的？（ ）

A 清×—青   B 清×—轻   C 澹×—淡

【分值：15】

8. 下列诗句，哪一项是正确的？（ ）

A 塞上长城空自许，镜中衰鬓已先斑。
B 塞上长城空自许，镜中哀鬓已先斑。
C 塞上长城空自许，镜中双鬓已先斑。

【分值：15】

9. 下列名句哪一项与诸葛亮无关？（ ）

A 丞相祠堂何处寻，锦官城外柏森森。
B 伯仲之间见伊吕，指挥若定失萧曹。
C 东山高卧时起来，欲济苍生未应晚。

【分值：15】

计算得分：

选手未答出的题目，统一按15分计算。

3号选手

张超凡

清水出芙蓉,天然去雕饰。

经乱离后天恩流夜郎,忆旧游,书怀赠江夏韦太守良宰(节选)

【唐】李白

览君荆山作,江鲍堪动色。
清水出芙蓉,天然去雕饰。
逸兴横素襟,无时不招寻。
朱门拥虎士,列戟何森森。

张超凡: 来自吉林长春,国画老师。出生时就没有左臂,她不断挑战绘画、游泳、速滑、武术和瑜伽,坚持用右手撑起自己的一片晴空。在"个人追逐赛"环节共答对 5 道题,得分 129 分。

1. 请从以下九个字中识别一句五言唐诗。

今	阳	阁
好	上	岳
夕	无	限

【分值:33】

2. 请从以下十二个字中识别一句七言唐诗。

东	林	行	最
车	湖	爱	停
足	坐	枫	晚

【分值:48】

3. 请填字。

	林	人	不	知
明	月	来	相	照
森	深	山	平	幽

【分值：16】

4. 请对上句。

白	云	千	载	空	悠	悠
黄	不	去	回	来
复	一	返	还	鹤

【分值：19】

5. "东风不与周郎便，铜雀春深锁二乔"诗中的"铜雀"即"铜雀台"，它是由谁营建的？（ ）

A 曹操
B 曹丕
C 曹植

【分值：13】

6. "此中有深意，欲辩已忘言"中哪个字是错误的？（ ）

A 此×—其
B 深×—真
C 已×—以

【分值：15】

7. 文天祥诗《贺赵侍郎月山启》中"慨然有神州陆沉之叹，发而为中流击楫之歌"的"中流击楫"是指谁？（ ）

A 苏武	B 祖逖	C 岳飞

【分值：15】

8. 下列诗句，哪一项是正确的？（ ）

A 今宵剩把银釭照，唯恐相逢是梦中。
B 今宵剩把银釭照，犹恐相逢在梦中。
C 今宵剩把银釭照，犹恐相逢是梦中。

【分值：15】

9. 下列苏轼的哪句诗词所写的是寒食节？（ ）

A 空庖煮寒菜，破灶烧湿苇。
B 蓼茸蒿笋试春盘，人间有味是清欢。
C 蒌蒿满地芦芽短，正是河豚欲上时。

【分值：15】

计算得分：

选手未答出的题目，统一按15分计算。

4号选手

刘泽宇

路漫漫其修远兮，吾将上下而求索。

离骚（节选）

【先秦】屈原

朝发轫于苍梧兮，夕余至乎县圃。
欲少留此灵琐兮，日忽忽其将暮。
吾令羲和弭节兮，望崦嵫而勿迫。
路漫漫其修远兮，吾将上下而求索。

刘泽宇：来自陕西渭南，小学语文老师，高考落榜后在建筑工地当了七年抹灰工。每天5点起床读诗词，并坚持在报刊上发表诗词，成为小学语文老师。在"个人追逐赛"环节共答对9道题，得分266分，获得"个人追逐赛"冠军，并进入"擂主争霸赛"环节。

1. 请从以下九个字中识别一句五言唐诗。

孤	蓑	烟
直	笠	翁
大	漠	洲

【分值：45】

2. 请从以下十二个字中识别一句清代七言诗。

青	两	不	岸
咬	山	对	松
放	出	定	向

【分值：29】

3. 请填字。

| 少 | 小 | 离 | 家 | 老 | 大 | 回 |
| 乡 | 音 | 无 | 改 | 鬓 | 毛 | |

蓑　催　衰　哀　摧

【分值：20】

4. 请对上句。

				三	军	过	后	尽	开	颜
	最	里	万	千	雨
	岷	喜	更	山	雪

【分值：30】

5. 王安石《桂枝香》结尾"至今商女，时时犹唱，《后庭》遗曲"，化用了下列哪首诗的诗意？（　　）

A 杜牧《赤壁》

B 李商隐《隋宫》

C 杜牧《泊秦淮》

【分值：12】

6. 苏轼词《卜算子》"拣尽寒枝不肯栖，寂寞沙洲冷"说的是哪一种鸟？（　　）

A 大雁

B 凤凰

C 白鹭

【分值：37】

7. "鸡声茅店月，人迹板桥霜"中的"茅店"指的是什么？（　　）

A 商店　　　　B 驿站　　　　C 旅店

【分值：54】

8. 辛弃疾"可堪回首，佛狸祠下，一片神鸦社鼓"中的"佛狸"是指什么？（　　）

A 就是狐狸，指一种动物

B 当地百姓祭祀的狐仙

C 北魏太武帝拓跋焘

【分值：33】

9. "白日放歌需纵酒，青春作伴好还乡"中哪一个字是错误的？（　　）

A 放 ×—高

B 需 ×—须

C 还 ×—回

【分值：6】

计算得分：

擂主争霸赛

彭　敏 vs 刘泽宇

彭敏
苦恨年年压金线，为他人作嫁衣裳。

贫　女
【唐】秦韬玉

蓬门未识绮罗香，拟托良媒益自伤。
谁爱风流高格调，共怜时世俭梳妆。
敢将十指夸针巧，不把双眉斗画长。
苦恨年年压金线，为他人作嫁衣裳。

彭敏：来自北京，《诗刊》编辑。在百人团中答题正确率最高且最快，以答对22道题、耗时80.3秒的成绩，一举获得"擂主争霸赛"攻擂资格。"擂主争霸赛"中每题1分，抢到并答对者得1分，答错者则对方得1分，彭敏率先获得5分，成为第一场擂主。

第一场

1. 图片线索题，根据以下沙画及所给的文字猜出一联诗。

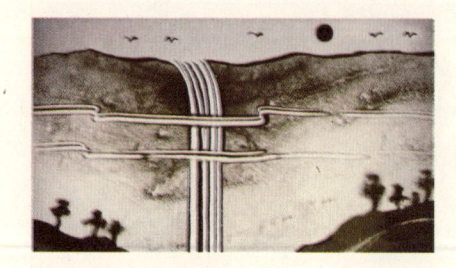

| | | | | | | 天 |

2. 图片线索题，根据以下沙画及所给的文字猜出一联诗。

| | | | | | 秋 | |

3. 图片线索题，根据以下沙画及所给的文字猜出一联诗。

| | | | | | | 夜 |

4. 文字线索题，根据以下线索说出一联名句。

(1) 出自一首在船上创作的诗歌。

(2) 诗题含有岭南一个地区的地名。

(3) 诗句表现了视死如归的气节。

(4) 作者是文天祥。

5. 文字线索题,根据以下线索说出这是哪首作品。

(1) 这是一首宋词。

(2) 据此创作的歌曲广为传唱。

(3) 毛泽东曾手书这首词。

(4) 词中有名句"三十功名尘与土,八千里路云和月"。

6. 根据以下线索说出一位诗人的姓名。

(1) 他是清代人。

(2) 他是一位著名的爱国诗人。

(3) 他写过"苟利国家生死以,岂因祸福避趋之"。

(4) 他主持了虎门销烟。

自我评价及答案

个人追逐赛	1		擂主争霸赛	答对道题
	2			
	3			
	4			

个人追逐赛答案

1号选手题
1. 答案：随风潜入夜。
2. 答案：劝君更尽一杯酒。
3. 答案：芳
4. 答案：两岸青山相对出。
5. 答案：C
6. 答案：B
7. 答案：B
8. 答案：A
9. 答案：C

2号选手题
1. 答案：举杯邀明月。
2. 答案：千里江陵一日还。
3. 答案：就
4. 答案：忽如一夜春风来。
5. 答案：C
6. 答案：B
7. 答案：A
8. 答案：A
9. 答案：C

3号选手题
1. 答案：夕阳无限好。
2. 答案：停车坐爱枫林晚。
3. 答案：深
4. 答案：黄鹤一去不复返。
5. 答案：A
6. 答案：B
7. 答案：B
8. 答案：C
9. 答案：A

4号选手题
1. 答案：大漠孤烟直。
2. 答案：咬定青山不放松。
3. 答案：衰
4. 答案：更喜岷山千里雪。
5. 答案：C
6. 答案：A
7. 答案：C
8. 答案：C
9. 答案：B

擂主争霸赛答案

1. 答案：飞流直下三千尺，疑是银河落九天。
2. 答案：窗含西岭千秋雪，门泊东吴万里船。
3. 答案：有约不来过夜半，闲敲棋子落灯花。
4. 答案：人生自古谁无死，留取丹心照汗青。
5. 答案：《满江红·写怀》
6. 答案：林则徐

一语天然万古新·嘉宾点评

送元二使安西
【唐】王维

渭城朝雨浥轻尘，客舍青青柳色新。
劝君更尽一杯酒，西出阳关无故人。

劝君

一提到"劝君"，"劝君莫惜金缕衣"自然地就会浮现在脑海里。这是《唐诗三百首》的最后一首，很多人对《唐诗三百首》的第一首《感遇》和最后一首《金缕衣》都记忆深刻。（蒙曼）

山居秋暝
【唐】王维

空山新雨后，天气晚来秋。
明月松间照，清泉石上流。
竹喧归浣女，莲动下渔舟。
随意春芳歇，王孙自可留。

辋川山水

唐代诗人王维的《山居秋暝》："空山新雨后，天气晚来秋"是特别特别

春山晴雨图轴（局部）
元代，高克恭，绢本浅设色，台北"故宫博物院"藏。

美的一首诗，能够给生活带来无尽的诗情画意。他觉得春天好，秋天也好。秋天的景色那么美，即使春芳已经歇了，春天的美好已经不在，但是还有这么美好的秋天，人还在继续着生活。背这首诗的时候，人生境界就显阔了，人的感觉也高大通达了。这首诗是王维在终南山辋川的"别业"中写下的。

据说现在去辋川还可以找到王维当年亲手栽下的一棵银杏树。（董卿）

在王维的时代，关中地区（今陕西关中）平均温度比现在高一点，水也更多，山林也更茂密。王维在那里买下了初唐诗人宋之问的"别业"，就是依着山形水势建的那种小茅棚。他在里面居住，闲时与友人泛舟水上。正是在辋川，他们一同吟诗作《辋川集》。而《山居秋暝》所展示的，正是秋天到了，山上有树，水里有鱼，天上有鸟，船上有快乐的隐士。在展示中国古典的山水美感方面，我认为王维是第一人。（康震）

那时山水也真，望得见山，看得见水，如此，才能留得住诗人。现在没有当时的生态好，但我们一直在努力着，至少先在心中构建出一幅美好的图景。（蒙曼）

在那山里边，有一棵1200岁的老银杏。树很高很大很壮。当你去看那棵银杏树的时候，站在树下遥想当年，诗人在此地经过，的确有一种别样的历史风味。（康震）

月下独酌四首（其一）
【唐】李白
花间一壶酒，独酌无相亲。
举杯邀明月，对影成三人。
月既不解饮，影徒随我身。
暂伴月将影，行乐须及春。
我歌月徘徊，我舞影零乱。
醒时同交欢，醉后各分散。
永结无情游，相期邈云汉。

李白的月光
李白太爱月亮了。李白的月亮诗写得都很好。抬眼看，"举头望明月"，他忽然又"欲上青天揽明月"，还"举杯邀明月"，同月亮共饮。古代的月亮格外的明亮，又是"唯一"的光源，故而承载了古人全部的想象。特别像李白这样的浪漫诗人，月亮的诗写得又多又好。（蒙曼）

这首《月下独酌》是很好也很重要的一首诗。试想，"花间一壶酒，独酌无相亲"，这是怎样的情绪？我们会说，诗写得美，但不可掩饰的是，诗人心中苦极。有花有酒，偏没人相酌。还有怀才不遇的绝望。李白觉得"天生我材必有用"，自许甚高，但现实中撞到的墙壁又厚又硬。他心里有怨恨，但是伟大的艺术家，现实中再痛，艺术上也是美的。这是伟大诗人的纯洁之处、理想之处，也是令我们动情之处。（康震）

过故人庄

【唐】孟浩然

故人具鸡黍,邀我至田家。
绿树村边合,青山郭外斜。
开轩面场圃,把酒话桑麻。
待到重阳日,还来就菊花。

古时的相聚

古人的生活值得羡慕之处在哪儿?古人生活不方便,事事都需要提前很久与对方邀约。在这样的节日氛围里,就显得特别有意思。如《过故人庄》是夏天的事,但是夏天好不容易聚到一起,这边还未结束,就已经开始约下一次的聚会,得"待到重阳日"了。很艰难才聚到一起,就生出好多庆祝性的形式,例如菊花酒、菊花诗。现在我们想见朋友,可能很方便,所以对朋友的期待,对于那些美好事物的期待,相应也没有那么强烈了。"就菊花"而言,就让人特别期待。我们亲近故人,亲近菊花,亲近节日,也亲近自然。(蒙曼)

在用字上,"就菊花",不说还来赏菊花、还来看菊花,用一个"就"字,很多的亲近感都在里面。(董卿)

孟浩然当时跟王维并称"王孟",都是山水田园诗大家,但他们的诗很不一样。王维"空山新雨后,天气晚来秋",看上去很空灵。孟浩然则很乡土,很生活化。两个人都像隐士,但孟浩然这个人,性情当中有非常刚猛的一面。孟浩然当时在荆州,荆州大都督府长史兼襄州刺史、山南东道采访处置使韩朝宗非常喜欢推荐人才,觉得孟浩然不错,约好了见面,孟浩然家里忽然来客人同饮,朋友劝他:"君与韩公有期。"结果他还是没去,"卒不赴,朝宗怒,辞行"。韩朝宗生气走了。走了就走了,孟浩然并不

盆菊幽赏图卷(局部)
明代,沈周,纸本设色,辽宁省博物馆藏。

在意，这是一种惬意的诗意人生。它的基础是诗人的率真、随性，朝九晚五式的人是万般做不来的。（康震）

九月九日忆山东兄弟
【唐】王维

独在异乡为异客，每逢佳节倍思亲。
遥知兄弟登高处，遍插茱萸少一人。

少年才子王维

这首诗好在哪，现在很多人不知道。重阳节有很特殊的含义：在古代它是祭祖的，和清明节、中元节是一类的节日，它有祭祖功能，大家要聚在一起。不独登高以求延寿祈福，还是慎终追远的一个节日。但是王维17岁离家，没有能跟兄弟一块儿遍插茱萸，他内心十分感慨。"独在异乡为异客，每逢佳节倍思亲"，这是一个节日带来的情怀。要把节日背后的情怀讲出来，这样它的味道才会显示出来。（蒙曼）

写诗的时候，王维非常年轻，不到20岁。中国的文学史和诗歌史上，很多非常杰出的作品都是诗人在非常年轻的时候写出来的。甚至可以说，中国的诗歌史是一部青春的诗歌史。这些诗不在多，只要一首，便让人永远地记住。像"每逢佳节倍思亲"这一句，1200多年来所有有关节日思念的诗没有一句超过它的。年轻的甚至是年少的王维，只

用这样一句简单的诗，就勾连起了从古到今无数匆匆过客的所有相思。这种才华简直是超凡入圣，令人叹为观止。（康震）

登乐游原
【唐】李商隐

向晚意不适，驱车登古原。
夕阳无限好，只是近黄昏。

晚唐长安诗意在

乐游原在西安市的东郊，是一片高地，上面的青龙寺，是唐代密宗重要的发源地。在1200多年前，乐游原很高，俯瞰长安城尽在眼中。屋舍俨然，"驱车登古原"，才能看见西安。（康震）

长安城市规划整饬，有宫殿区、政府办公区和老百姓生活区。生活区里有商贸区——东市和西市。还有风景名胜游览区，乐游原在当时属于风景名胜游览区。但这里跟曲江不一样。曲江是一片流水，这里是一片高原。原本高原更适合让人开阔心境，所以他的心开始开阔了。"夕阳无限好"，乍看之下，无比壮美。"只是近黄昏"，不同的人有不同解释。有人说是消极的，虽然美，但已经接近黄昏，也暗合唐朝国运将尽。但是还有人说，只是接近黄昏，并没有那种颓唐之感。诗无达诂，但是，在李商隐登上乐游原时，他的心就放开了，他的境界也

高了起来。（蒙曼）

竹里馆
【唐】王维

独坐幽篁里，弹琴复长啸。
深林人不知，明月来相照。

盛唐的"天人合一"

讨论王维，说《九月九日忆山东兄弟》，说《山居秋暝》，说杏树。王维何以能写这样的诗？"独坐幽篁里，弹琴复长啸。深林人不知，明月来相照"，这种意境，感觉像仙境一样。他能写仙境，是因为他有仙一样的心境。此人善画工草隶，会园林设计，精通音乐、佛法，散文、骈文写得相当好。盛唐诗人里像王维这样的全才，很少。不仅如此，他还官阶很高，仕途平稳，才艺双全。中国古代的文化史，很大程度上就是由王维、苏轼这批官员写成的，这是值得思考的一个问题。正是有这么一批人，才给我们留下绚丽多彩的传统文化。（康震）

盛唐是什么？除了李白、杜甫、王维这样的一批大家，还有盛唐的"天人合一"。人和自然的交融，达到了顶点。"深林"是什么？"深林"是竹林。现在西安周边如果再有这样一片竹林的话，人到了那里，心情会更加放松。可能天人关系和谐的时候，人际关系也会和谐。这时候，人在仙凡之间更容易游走，所以说盛唐的盛，是方方面面的盛。（蒙曼）

赤 壁
【唐】杜牧

折戟沉沙铁未销，自将磨洗认前朝。
东风不与周郎便，铜雀春深锁二乔。

铜雀台旧事

铜雀台是曹操修的，但曹操修铜雀台不是为了二乔。"铜雀春深锁二乔"，这是《三国演义》中讲的。我觉得曹操应该说是当时最伟大的政治家、军事家。《三国演义》因为要尊刘抑曹，于是把他塑造成一个奸臣。其实曹操的胸怀、谋略、气质，特别是文学修养，乃至他广揽人才的气魄，都远超刘备。（康震）

铜雀台实际上跟父子三人都有关系。曹操修铜雀台，曹植、曹丕作《铜雀台赋》。中国是一个人文化成的国家，光有建筑不行，建筑要有好诗配。当时邺中三台（冰井台、金凤台、铜雀台），现在大家只知道铜雀台。就是因为"东风不与周郎便，铜雀春深锁二乔"，就是因为《铜雀台赋》。自然景观、英雄人物的业绩和后来文人的追忆，三者结合起来，这就是魅力中国。（蒙曼）

诗词说到家族，除了三曹（曹操、曹丕、曹植），还有三苏、王谢家族。（董卿）

包括明代的"三袁"兄弟——袁宗道、袁宏道、袁中道，还有西晋时期的"三张二陆两潘"。"三张"即张载、张协、张亢三兄弟；"二陆"即陆机、陆云兄弟；"两潘"即潘岳、潘尼叔侄。中国古代的文化教育，包括诗词教育，都是世代传承的。这种传承不仅是老师和学生的传承，而且是父子的传承，是祖孙的传承，有时甚至是整个大家族的传承。中国人重视家庭，在家族里培养出很多非常杰出的文化学者。可见，家族传承是一种重要的文化传承方式。（康震）

饮酒二十首（其五）
【晋】陶渊明

结庐在人境，而无车马喧。
问君何能尔，心远地自偏。
采菊东篱下，悠然见南山。
山气日夕佳，飞鸟相与还。
此中有真意，欲辨已忘言。

陶渊明的"真意"

为什么不是"深意"而是"真意"？陶渊明的境界到底是什么？对于这首诗很多人都有误会，陶渊明其实是说他在很喧闹的地方，但

赤壁图卷（局部）
金代，武元直，绢本墨笔，台北"故宫博物院"藏。

内心是安静的。为什么住在人境，住在城市里，还能够内心那么宁静呢？因为"心远"，不在红尘里，所以地自然就偏。他讲的所有"真意"，都是如此。只要心放平淡了，一切真实淡泊的生活就来到你身边了。所以这一定是"真"，而不是"深"。

（蒙曼）

陶渊明的一个行为可以很恰当地向我们现代人来展示他所谓的"真意"。"采菊东篱下，悠然见南山"，这是很自然很简单的动作。但就是这样简单的动作，我们做不来。"采菊东篱下，悠然见南山"，看见普通的景象，过普通的生活，但我们遗失这样的生活很久了。所以陶渊明这种返璞归真，不是一种神秘的返璞归真，而是回到了一种真实的生活。（康震）

竹 石

【清】郑燮

咬定青山不放松，立根原在破岩中。
千磨万击还坚劲，任尔东西南北风。

郑板桥的诗画志趣

郑板桥是清代文人画的代表。郑板桥很不一样，他一辈子主要画三样东西。第一是兰，四季不谢。第二是竹，百节常青。第三是石，万古不败。最后，他是一个千秋不变之人。这样千秋不变之人，喜欢这样的兰，这样的竹，这样的石，他的诗本身就讲这种精神。

（蒙曼）

古典诗的特点是，一方面很抒情，另一方面又表达志向，表达理想。（康震）

墨竹图（局部）
清代，郑板桥，绢本墨笔，沈阳故宫博物院藏。

回乡偶书二首（其一）
【唐】贺知章
少小离家老大回，乡音无改鬓毛衰。
儿童相见不相识，笑问客从何处来。

入世与出世
贺知章自号四明狂客，越州永兴（今浙江杭州市萧山区）人。年轻时中状元，在朝廷里为高官，86岁高龄方告老还乡。唐玄宗给他很高的礼遇：在家乡赐给他一面湖——镜湖，令太子率百官为他饯行。回乡一年后，辞世。一个86岁的人，离开家乡50年，回到家，写了一首天真的诗。"少小离家老大回，乡音无改鬓毛衰。儿童相见不相识，笑问客从何处来。"就像他写的"二月春风似剪刀"一样，虽老大年迈，却仍有如此赤子之心。李白喜欢他，他亦一见李白就唤其"谪仙人"。李白不羁一世，记在心中的没有几个人，而贺知章偏就是其中之一。李白专门写诗回忆贺知章，回忆当年初见，贺知章解下金龟同他畅饮。贺知章这个人也像李白一样，疏狂真率地活了一生，既赢得了朝廷的尊重，也赢得了世人的喜爱。这就是唐代人。（康震）

七律·长征
【现代】毛泽东
红军不怕远征难，万水千山只等闲。
五岭逶迤腾细浪，乌蒙磅礴走泥丸。
金沙水拍云崖暖，大渡桥横铁索寒。
更喜岷山千里雪，三军过后尽开颜。

毛泽东的诗词气象
毛泽东的这首诗，真正具有革命者的豪情，领袖者的风范，又同时兼具了作为艺术家的浪漫，把一种对于未来的理想，对于生活浪漫的想象和对于革命的坚定意志以及那种蓬勃的热情，完美地融合在古典诗词的形式中。他展示出的不仅是一种才情，一种胸怀，更是一种在天地之间的气魄。所以我觉得我们老一代的革命家兼艺术家，我们的领袖，有这样的艺术才华，对中华民族的文化熏陶、传承起到了非常重要的作用。（康震）

毛泽东最喜欢"三李"，其中受李白影响很深。李白写过类似的内容，"万里长征战，三军尽衰老"。可是毛主席把这诗意翻过来，万里长征后，三军不是衰老，不是愁苦，是"三军过后尽开颜"。气象非凡，这是革命家的诗。那时太白诗"纯以气象胜"，其实主席诗也是"纯以气象胜"，气势磅礴，非常了不起。（蒙曼）

点化古人诗句达到了出神入化的境界，从"衰兰送客咸阳道，天若有情天亦老"，毛泽东写成了"天若有情天亦老，人间正道是沧桑"，还有"雄鸡一唱天下白"，这都是李贺的诗。毛泽东信手拈来，稍加点化，就能翻出新意，别出气象，这非凡人所能，我们应该为毛泽东的诗点赞。（康震）

江山万里图卷（局部）
宋代，赵黻，绢本设色，北京故宫博物院藏

卜算子·黄州定慧院寓居作
【宋】苏轼

缺月挂疏桐，漏断人初静。谁见幽人独往来，缥缈孤鸿影。

惊起却回头，有恨无人省。拣尽寒枝不肯栖，寂寞沙洲冷。

苏词的"豪放"与"婉约"

苏轼被贬黄州，这是刚去时所写的词。一提到苏轼在黄州，我们便会想起"大江东去浪淘尽"，这只是一面，甚至不是主要的一面。他主要的一面是什么？就是"惊起却回头，有恨无人省"。很多的惊恐，很多的不安，很多的未知，没有人可以理解自己，都存放在那里，不知道如何才能自安。他给朋友写信说，晚上睡觉，觉得床底下是有蛇的。跟他儿子出去散步，白天是不敢出去的，只等晚上出去。跟朋友说："看到我的信，你读完之后就烧了。"为什么？在激烈的党争中，他非常惊恐。这样的一个人，从最开始"漏断人初静""谁见幽人独往来"，到最后写"大江东去浪淘尽"，必然经过了非常艰难的心路历程。我们读古典诗词，也包括现当代诗词，一方面要读"空山不见人，但闻人语响"，另一面也要读"惊起却回头，有恨无人省"，这才是全面的人生。苏东坡不是一天成就的，真的是这样。（董卿）

"拣尽寒枝不肯栖，寂寞沙洲冷"，令人想到"月明星稀，乌鹊南飞，绕树三匝，何枝可依？"曹操是王者气象，他说"山不厌高，海不厌深。周公吐哺，天下归心。"可是苏轼是文人的情怀，他是"拣尽寒枝不肯栖"。文人找明主，但明主难遇难得，这个时候人生就要有取舍。是选择随便落下，还是像苏轼这样"拣尽寒枝不肯栖"？就算再渴望落下去，但人生有底线、有原则，这些是不可以突破的，这是苏轼词里非常伟大的一面。我们讲苏东坡，一直都是"大江东去"，其实他内心有非常婉约的情怀，但这婉约里仍然有一种强大的力量、伟大的精神。（蒙曼）

"拣尽寒枝不肯栖"，一方面没有栖身之处，但更多的是"良禽择木而栖"。（董卿）

商山早行
【唐】温庭筠

晨起动征铎，客行悲故乡。
鸡声茅店月，人迹板桥霜。
槲叶落山路，枳花明驿墙。
因思杜陵梦，凫雁满回塘。

茅店与乡愁

晚唐时期，温庭筠的名气比不上李商隐。但是一个文人，写诗不一定要写得多。"鸡声茅店月，人迹板桥霜"，即便只有这两句，也足以在诗词史上留下他的名字。中国古代最伟大的诗人都有一个特点：他们的思维都是画

面思维，如果是现在都能当导演。像"鸡声茅店月，人迹板桥霜"，将直观的画面拼接在一起，生发出无限的想象力，给我们展现出一个完整的三维式的生活面貌。（康震）

很有画面感，而且有戏剧转折点，一首诗起起伏伏。（董卿）

成就这诗的很重要因素是社会转型，旅店出现。过去最早的补给机构是什么？是驿站。唐朝的驿站以富丽堂皇著称，但驿站主要招待官员，而且是在交通要道上才设有驿站。像温庭筠这样，不走官家途径，就只能是"鸡声茅店月"了。这样的一个小客栈，本身就很像家，但它又不是家，很简陋、很凄惶的场所，更容易勾起人的乡愁。（蒙曼）

永遇乐·京口北固亭怀古
【宋】辛弃疾

千古江山，英雄无觅，孙仲谋处。舞榭歌台，风流总被，雨打风吹去。斜阳草树，寻常巷陌，人道寄奴曾住。想当年，金戈铁马，气吞万里如虎。

元嘉草草，封狼居胥，赢得仓皇北顾。四十三年，望中犹记，烽火扬州路。可堪回首，佛狸祠下，一片神鸦社鼓。凭谁问，廉颇老矣，尚能饭否？

北魏太武帝

南宋词人辛弃疾的《永遇乐·京口北固亭怀古》，最著名的一句是"千古江山，英雄无觅，孙仲谋处。"此外，"凭谁问，廉颇老矣，尚能饭否？"也是名句。与第一句对照，显示出辛弃疾一世的不得志。他原本是大英雄、大军事家，25岁已经立大功，冲锋陷阵，百万军中取上将首级如探囊取物。他不是我们想象中的文弱词人，与陆游、苏轼皆不相同，辛弃疾真正是既可以上马打仗，又能下马作文。无奈他是从北方南投至南宋的，从根本上就得不到信任，所以朝廷只让他与农民起义军作战，不让他跟金人去对抗。也注定了他的词，是发愤为词，全是怀才不遇，因此才以廉颇自喻。（康震）

词人说词，从历史的维度来看，其实有时候也不太一样。比如辛弃疾讲，"可堪回首，佛狸祠下，一片神鸦社鼓"，是很凄凉的一件事。"佛狸"是太武帝拓跋焘。拓跋焘本是来攻打南方的，后来在那里建立了行宫，最后行宫变成了祠，老百姓根本不知道供奉的是谁，也去进行祭奠。现在我们把当时看成是民族融合的一个时代，正因为太武帝拓跋焘统一北方，因此，在所谓的盛唐气象中，也有着鲜卑族巨大的文化因子。这个政权后来演化成北周，北周演化成隋，隋演化成唐。中华民族的英雄，其实本来是包含这些人的。但辛弃疾处在他特定的历史情境之下，觉得"佛狸祠下"和"神鸦社鼓"是令人心酸的一件事。但从另外一个角度看，中华民族不正是这样逐步传承，一点一点壮大的吗？（蒙曼）

诗词不厌百回读，熟读深思子自知

锦 瑟
【唐】李商隐

锦瑟无端五十弦，一弦一柱思华年。
庄生晓梦迷蝴蝶，望帝春心托杜鹃。
沧海月明珠有泪，蓝田日暖玉生烟。
此情可待成追忆，只是当时已惘然。

更漏子·柳丝长
【唐】温庭筠

柳丝长，春雨细，花外漏声迢递。
惊塞雁，起城乌，画屏金鹧鸪。
香雾薄，透帘幕，惆怅谢家池阁。
红烛背，绣帘垂，梦长君不知。

谢亭送别
【唐】许浑

劳歌一曲解行舟，红叶青山水急流。
日暮酒醒人已远，满天风雨下西楼。

书愤五首（其一）
【宋】陆游

早岁那知世事艰，中原北望气如山。
楼船夜雪瓜洲渡，铁马秋风大散关。
塞上长城空自许，镜中衰鬓已先斑。
出师一表真名世，千载谁堪伯仲间！

鹧鸪天·彩袖殷勤捧玉钟
【宋】晏几道

彩袖殷勤捧玉钟，当年拚却醉颜红。
舞低杨柳楼心月，歌尽桃花扇底风。
从别后，忆相逢，几回魂梦与君同。
今宵剩把银釭照，犹恐相逢是梦中。

梁园吟
【唐】李白

我浮黄河去京阙，挂席欲进波连山。
天长水阔厌远涉，访古始及平台间。
平台为客忧思多，对酒遂作梁园歌。
却忆蓬池阮公咏，因吟"渌水扬洪波"。
洪波浩荡迷旧国，路远西归安可得！
人生达命岂暇愁，且饮美酒登高楼。
平头奴子摇大扇，五月不热疑清秋。
玉盘杨梅为君设，吴盐如花皎白雪。
持盐把酒但饮之，莫学夷齐事高洁。

昔人豪贵信陵君，今人耕种信陵坟。
荒城虚照碧山月，古木尽入苍梧云。
梁王宫阙今安在？枚马先归不相待。
舞影歌声散绿池，空馀汴水东流海。
沉吟此事泪满衣，黄金买醉未能归。
连呼五白行六博，分曹赌酒酣驰晖。
歌且谣，意方远。
东山高卧时起来，欲济苍生未应晚。

摸鱼儿·雁丘词
【金】元好问

问世间、情为何物，直教生死相许？天南地北双飞客，老翅几回寒暑。欢乐趣，离别苦，就中更有痴儿女。君应有语，渺万里层云，千山暮雪，只影向谁去？

横汾路，寂寞当年箫鼓。荒烟依旧平楚。招魂楚些何嗟及，山鬼暗啼风雨。天也妒，未信与，莺儿燕子俱黄土。千秋万古，为留待骚人，狂歌痛饮，来访雁丘处。

寒食雨二首（其二）
【宋】苏轼

春江欲入户，雨势来不已。
小屋如渔舟，濛濛水云里。
空庖煮寒菜，破灶烧湿苇。
那知是寒食，但见乌衔纸。
君门深九重，坟墓在万里。
也拟哭途穷，死灰吹不起。

泊秦淮
【唐】杜牧

烟笼寒水月笼沙，夜泊秦淮近酒家。
商女不知亡国恨，隔江犹唱后庭花。

赴戍登程口占示家人
【清】林则徐

力微任重久神疲，再竭衰庸定不支。
苟利国家生死以，岂因祸福避趋之？
谪居正是君恩厚，养拙刚于戍卒宜。
戏与山妻谈故事，试吟断送老头皮。

春山泛舟图轴（局部）
元代，胡廷晖，绢本设色，北京故宫博物院藏。

丹枫呦鹿图（局部）
五代，佚名，绢本设色，台北"故宫博物院"藏。

第二场

关关雎鸠，在河之洲[1]

《关雎》是中国第一部诗歌总集《诗经》里的第一篇，在中国文学史上有其特殊的地位。

"关关雎鸠，在河之洲。"今天听来依然能够感受到古人用最纯真、最生动的语言，所表达的对美好生活的向往。让我们从诗词的源头《诗经》出发，开启又一场奇妙的诗词之旅。

——董卿（《中国诗词大会》主持人）

一开场就吟诵了《诗经》，我再引用两句《诗经》里的诗来助兴，这两句诗出自《国风·秦风》中非常著名的一首《蒹葭》。

"蒹葭苍苍，白露为霜。所谓伊人，在水一方。"[①]我想对于今天我们在场所有的朋友，包括电视机前的诗词爱好者来说，中国诗词的美好意境令我们神往，这种意境也就是我们向往的那个"伊人"。

——康震（北京师范大学文学院教授、博士生导师）

诗经·秦风·蒹葭[①]

【先秦】佚名

蒹葭苍苍，白露为霜。
所谓伊人，在水一方。
溯洄从之，道阻且长。
溯游从之，宛在水中央。
蒹葭凄凄，白露未晞。
所谓伊人，在水之湄。
溯洄从之，道阻且跻。
溯游从之，宛在水中坻。
蒹葭采采，白露未已。
所谓伊人，在水之涘。
溯洄从之，道阻且右。
溯游从之，宛在水中沚。

1　《诗经·周南·关雎》【先秦】佚名
关关雎鸠，在河之洲。窈窕淑女，君子好逑。参差荇菜，左右流之。窈窕淑女，寤寐求之。求之不得，寤寐思服。悠哉悠哉，辗转反侧。参差荇菜，左右采之。窈窕淑女，琴瑟友之。参差荇菜，左右芼之。窈窕淑女，钟鼓乐之。

既以《诗经》起，我也以《诗经》相和。

"瞻彼淇奥，绿竹猗猗。有匪君子，如切如磋，如琢如磨。"[2]希望大家在这个舞台上切磋琢磨，以文会友，以友辅仁。

——蒙曼（中央民族大学副教授、北京大学历史学博士）

[2] **诗经·卫风·淇奥**

【先秦】佚名

瞻彼淇奥，绿竹猗猗。
有匪君子，如切如磋，如琢如磨。
瑟兮僩兮，赫兮咺兮。
有匪君子，终不可谖兮。
瞻彼淇奥，绿竹青青。
有匪君子，充耳琇莹，会弁如星。
瑟兮僩兮，赫兮咺兮。
有匪君子，终不可谖兮。
瞻彼淇奥，绿竹如箦。
有匪君子，如金如锡，如圭如璧。
宽兮绰兮，猗重较兮。
善戏谑兮，不为虐兮。

诗词之乐何处寻？

个人追逐赛

1号选手

陈更

秋阴不散霜飞晚，留得枯荷听雨声。

宿骆氏亭寄怀崔雍崔衮

【唐】李商隐

竹坞无尘水槛清，相思迢递隔重城。
秋阴不散霜飞晚，留得枯荷听雨声。

陈更：来自陕西咸阳，北京大学工科博士生，立志做一个书香女子。在第一季《中国诗词大会》中曾表现不俗。本季第一场中又以答对22道题、耗时105秒的成绩在百人团中脱颖而出。在"个人追逐赛"环节共答对9道题，得分246分。从"个人追逐赛"中胜出，进入第二个环节"飞花令"。

1. 请从以下九个字中识别一句五言唐诗。

近	润	是
物	声	水
无	看	细

【分值：16】

2. 请从以下十二个字中识别一句七言唐诗。

遥	草	前	色
近	无	望	瀑
川	布	挂	看

【分值：72】

3. 请填字。

李	白	乘	舟	将	欲	行
忽	闻	岸	上		歌	声
蹋	沓	踏	唱	叹

【分值：9】

4. 请对上句。

千	金	散	尽	还	复	来
我	毕	必	生	无
有	天	才	用	材

【分值：38】

5. 毛泽东诗《七律·人民解放军占领南京》中"不可沽名学霸王"的"霸王"是指？（　　）

A 忽必烈
B 刘备
C 项羽

【分值：5】

6. 《长恨歌》"梨园弟子白发新，椒房阿监青娥老"中的"椒房"指什么？（　　）

A 花椒粉和泥涂抹的房屋
B 辣椒装饰的房屋
C 藏娇的金屋

【分值：41】

7. "映阶壁草自春色，隔叶黄鹂空好音"中哪个字是错误的？（　　）

A 映 ×—印　　　B 阶 ×—街　　　C 壁 ×—碧

【分值：18】

8. 下列诗句，哪一项是正确的？
（　　）

A 挥手自兹去，萧萧班马鸣。
B 挥手自兹去，萧萧斑马鸣。
C 挥手自兹去，潇潇班马鸣。

【分值：36】

9. 下列哪一项描写的是农业劳动？
（　　）

A 晨兴理荒秽，带月荷锄归。
B 彼黍离离，彼稷之苗。
C 开轩面场圃，把酒话桑麻。

【分值：11】

计算得分：

2号选手

李浩源

我欲东夷访文献，归来中土校全经。

送僧归日本（节选）
【元】杨维桢

车轮日出扶桑树，笠盖天倾北极星。
我欲东夷访文献，归来中土校全经。

李浩源： 来自云南昆明，中国人民大学法学院大一新生，立志成为优秀的法学家，热爱中国古典诗词。在"个人追逐赛"环节共答对 9 道题，得分 238 分。

1. 请从以下九个字中识别一句五言唐诗。

山	平	日
客	随	依
白	楼	尽

【分值：24】

2. 请从以下十二个字中识别一句七言唐诗。

借	处	夜	家
淮	问	杏	近
酒	何	秦	泊

【分值：81】

3. 请填字。

粉	骨	碎	身	浑	不	怕
要	留		白	在	人	间
青	清	洁	净	玉

【分值：9】

4. 请对上句。

桃	花	依	旧	笑	春	风
不	何	花	去	面
知	桃	人	水	处

【分值：24】

5. 下列诗句，哪一项是正确的？（　　）

A 杨梅时节家家雨，青草池塘处处蛙。
B 黄梅时节家家雨，春草池塘处处蛙。
C 黄梅时节家家雨，青草池塘处处蛙。

【分值：13】

6. "蒹葭苍苍，白露为霜。所谓佳人，在水一方"中哪个字是错误的？（　　）

A 苍 ×—沧
B 白 ×—秋
C 佳 ×—伊

【分值：8】

7. 毛泽东词"雄关漫道真如铁"中"雄关"指的是？（　　）

A 山海关　　　　B 娄山关　　　　C 嘉峪关

【分值：16】

8. 下列哪项最适合用来形容"吃货"？（　　）

A 坐观垂钓者，徒有羡鱼情。
B 兰陵美酒郁金香，玉碗盛来琥珀光。
C 烹羊宰牛且为乐，会须一饮三百杯。

【分值：9】

9. 王安石"纵被春风吹作雪，绝胜南陌碾成尘"，咏的是下列哪一种花？（　　）

A 梅花
B 梨花
C 杏花

【分值：54】

计算得分：

3号选手

姜闻页

雅饮纯和气，清吟冰雪文。

寄太常王少卿

【唐】李山甫

别后西风起，新蝉坐卧闻。
秋天静如水，远岫碧侵云。
雅饮纯和气，清吟冰雪文。
想思重回首，梧叶下纷纷。

姜闻页：来自上海，16岁的高二学生，爱好理科，同样爱读书，希望通过《中国诗词大会》来检测自己的知识面。在"个人追逐赛"环节共答对9道题，得分223分。

1. 请从以下九个字中识别一句五言古诗。

还	菊	下
救	来	东
采	花	篱

【分值：60】

2. 请从以下十二个字中识别一句七言唐诗。

月	落	霜	于
叶	满	寒	花
红	乌	二	啼

【分值：44】

3. 请填字。

爆	竹	声	中	一	岁	除
春	风	送	暖	入		苏
图	荼	涂		徒	屠	

【分值：8】

4. 请对上句。

西	出	阳	关	无	故	人
更	进	酒	君	未
一	劝	问	杯	尽

【分值：37】

5. "杨花落尽子规啼，闻道龙标过五溪"中的"子规"指的是？（ ）

A 鹧鸪

B 黄鹂

C 杜鹃

【分值：9】

6. "东风未与周郎便，铜雀春深锁二乔"中哪个字是错误的？（ ）

A 未×—不

B 便×—变

C 雀×—鹊

【分值：14】

7. "掷果盈车"的典故描述的是下列哪位"帅哥"？（ ）

A 潘岳   B 嵇康   C 王维

【分值：17】

8. "长安米贵"与下列哪位诗人有关？
（ ）

A 杜甫

B 李商隐

C 白居易

【分值：18】

9. 下列诗句，哪一项是正确的？
（ ）

A 千磨万击还坚劲，任尔东南西北风。

B 千磨万击还坚劲，任尔东西南北风。

C 千磨万炼还坚劲，任尔东西南北风。

【分值：16】

计算得分：

4号选手

孙东辉

种桃道士归何处，前度刘郎今又来。

再游玄都观

【唐】刘禹锡

百亩庭中半是苔，桃花净尽菜花开。

种桃道士归何处，前度刘郎今又来。

孙东辉： 来自吉林长春，交通厅工作人员。近两年时间里先后做了三次头部手术，但这些经历并没有影响到他头脑中的诗词储备，诗词就是提供他精神力和意志力的"药物"。在"个人追逐赛"环节共答对 9 道题，得分 242 分。

1. 请从以下九个字中识别一句五言唐诗。

明	松	间
下	月	子
问	罩	童

【分值：29】

2. 请从以下十二个字中识别一句五代时期的词。

君	少	多	没
归	期	能	期
有	愁	问	几

【分值：38】

3. 请填字。

乡	村	四	月	闲	人	少
才		蚕	桑	又	插	田
燎	聊	料	撂	了		

【分值：32】

4. 请对上句。

相	煎	何	太	急
是	生	跟	同	
根	事	本	升	

【分值：14】

5. "但使龙城飞将在，不教胡马度阴山"中"飞将"指哪位将军？（　）

A 李陵
B 吕布
C 李广

【分值：9】

6. "柔情似水，佳期如梦，忍顾鹊桥归路。两情如是久长时，又岂在朝朝暮暮"中哪一个字是错误的？（　）

A 似×—如
B 忍×—岂
C 如×—若

【分值：29】

7. 元稹"惟将终夜长开眼，报答平生未展眉"是悼念谁的？（　）

A 恋人崔莺莺　　　　B 好友白居易　　　　C 妻子韦丛

【分值：15】

8. 下列名句出现时代最早的是？（　）

A 丈夫志四海，万里犹比邻。
B 海内存知己，天涯若比邻。
C 相知无远近，万里尚为邻。

【分值：59】

9. "千金纵买相如赋，脉脉此情谁诉"中所用"千金买赋"和以下哪项使用的是相同的典故？（　）

A 楚王好细腰，宫中多饿死。
B 侯门一入深如海，从此萧郎是路人。
C 君不见咫尺长门闭阿娇，人生失意无南北。

【分值：17】

计算得分：

飞花令

时秀元 VS 陈 更

时秀元

　　来自河北，37岁，是一名检察官。在"个人追逐赛"环节答题的百人团中，答题准确率最高，共答对35道题；耗时最短，为137秒。进入第二个环节"飞花令"，时秀元与4位选手中总分最高者轮流说出含有某个字的诗句，答错、重复或在规定时间没有答出者出局。

时秀元：夜来风雨声，花落知多少。
陈更：何须浅碧深红色，自是花中第一流。
我：_____

时秀元：人闲桂花落，夜静春山空。
陈更：感时花溅泪，恨别鸟惊心。
我：_____

时秀元：花谢花飞花满天，红消香断有谁怜。
陈更：春花秋月何时了，往事知多少。
我：＿＿＿＿＿＿＿＿＿＿＿＿＿＿＿＿＿＿＿

时秀元：花开堪折直须折，莫待无花空折枝。
陈更：花间一壶酒，独酌无相亲。
我：＿＿＿＿＿＿＿＿＿＿＿＿＿＿＿＿＿＿＿

时秀元：桃花仙人种桃树，又摘桃花换酒钱。
陈更：不知近水花先发，疑是经冬雪未销。
我：＿＿＿＿＿＿＿＿＿＿＿＿＿＿＿＿＿＿＿

时秀元：中庭地白树栖鸦，冷露无声湿桂花。
陈更：白雪却嫌春色晚，故穿庭树作飞花。
我：＿＿＿＿＿＿＿＿＿＿＿＿＿＿＿＿＿＿＿

时秀元：黄四娘家花满蹊，千朵万朵压枝低。
陈更：春风得意马蹄疾，一日看尽长安花。
我：＿＿＿＿＿＿＿＿＿＿＿＿＿＿＿＿＿＿＿

时秀元：莫道不销魂，帘卷西风，人比黄花瘦。
陈更：去年今日此门中，人面桃花相映红。
　　　人面不知何处去，桃花依旧笑春风。
我：＿＿＿＿＿＿＿＿＿＿＿＿＿＿＿＿＿＿＿

时秀元：侬今葬花人笑痴，他年葬侬知是谁？
陈更：忽如一夜春风来，千树万树梨花开。
我：＿＿＿＿＿＿＿＿＿＿＿＿＿＿＿＿＿＿＿

时秀元：不见五陵豪杰墓，无花无酒锄作田。
陈更：接天莲叶无穷碧，映日荷花别样红。
　我：_____

时秀元：朱雀桥边野草花，乌衣巷口夕阳斜。
陈更：待到山花烂漫时，她在丛中笑。
　我：_____

时秀元：车尘马足贵者趣，酒盏花枝贫者缘。
陈更：寂寞空庭春欲晚，梨花满地不开门。
　我：_____

时秀元：人间四月芳菲尽，山寺桃花始盛开。
陈更：借问梅花何处落？风吹一夜满关山。
　我：_____

时秀元：百亩庭中半是苔，桃花净尽菜花开。
陈更：独出前门望野田，月明荞麦花如雪。
　我：_____

时秀元：酒醒只在花前坐，酒醉还须花下眠。
陈更：一陂春水绕花身，身影妖娆各占春。
　我：_____

时秀元：不是看花即索死，只恐花尽老相催。
陈更：卖花担上，买得一枝春欲放。
　我：_____

时秀元：怕郎猜道，奴面不如花面好。
陈更：锦瑟华年谁与度？月桥花院，琐窗朱户，只有春知处。
　我：_____

时秀元：江深竹静两三家，多事红花映白花。
陈更：此花此叶常相映，翠减红衰愁杀人。
我：＿＿＿＿＿＿＿＿＿＿＿＿＿＿＿＿＿＿＿

时秀元：土花能白又能红，晚节犹能爱此工。
陈更：半醒半醉游三日，红白花开山雨中。
我：＿＿＿＿＿＿＿＿＿＿＿＿＿＿＿＿＿＿＿

时秀元：寂寂花时闭院门，美人相并立琼轩。
陈更：雨打梨花深闭门，忘了青春，误了青春。
我：＿＿＿＿＿＿＿＿＿＿＿＿＿＿＿＿＿＿＿

时秀元：花开不并百花丛，独立疏篱趣未穷。
陈更：昨夜闲潭梦落花，可怜春半不还家。
我：＿＿＿＿＿＿＿＿＿＿＿＿＿＿＿＿＿＿＿

时秀元：半醒半醉日复日，花落花开年复年。
陈更：竹外桃花三两枝，春江水暖鸭先知。
我：＿＿＿＿＿＿＿＿＿＿＿＿＿＿＿＿＿＿＿

擂主争霸赛

陈 更 vs 彭 敏

"飞花令"中获胜者陈更进入"擂主争霸赛",作为攻擂者与守擂擂主彭敏在最后一个环节中一决高下。每题1分,在抢答中陈更率先获得5分,成为本场擂主。

1. 图片线索题,根据以下画作及所给的文字猜出一联诗。

| | 子 | | | |

2. 图片线索题,根据以下画作及所给的文字猜出两句词。

| | 头 | | | |

3. 图片线索题,根据以下画作及所给的文字猜出两句词。

| | | 断 | | |

4. 文字线索题，根据以下线索答出这是哪一句诗。

(1) 全诗以咏菊花为核心。

(2) 作者姓氏与菊花的别称有相同的字。

(3) 诗为诗人科考落第后所作。

(4) 此句曾作为一部电影的名字。

5. 文字线索题，请根据以下线索说出一位诗人。

(1) 这是一位唐代以前的诗人。

(2) 他的哥哥称过帝。

(3) 他的弟弟称过象。

(4) 他写过《七步诗》。

6. 请根据以下选项得出一首词的词牌与题目。

(1) 这首词是苏轼的代表作之一。

(2) 词牌名与词作内容在风格上有反差。

(3) 有人说这首词"须关西大汉，铜琵琶，铁绰板"来演唱。

(4) 词作所咏古迹并非历史事件原址。

7. 逆向思维题，下列名句哪项不是写江南美景的？（　　）

A 日出江花红胜火，春来江水绿如蓝。

B 忽如一夜春风来，千树万树梨花开。

C 有三秋桂子，十里荷花。

8. 下列名句哪项不是"站在对方立场思考"的？（　　）

　　A 遥怜小儿女，未解忆长安。

　　B 遥知兄弟登高处，遍插茱萸少一人。

　　C 思君若汶水，浩荡寄南征。

自我评价及答案

个人追逐赛	1		飞花令	接到第　　组	擂主争霸赛	答对　　道题
	2					
	3					
	4					

个人追逐赛答案

1号选手题

1. 答案：润物细无声。
2. 答案：遥看瀑布挂前川。
3. 答案：踏
4. 答案：天生我材必有用。
5. 答案：C
6. 答案：A
7. 答案：C
8. 答案：A
9. 答案：A

2号选手题

1. 答案：白日依山尽。
2. 答案：夜泊秦淮近酒家。
3. 答案：清
4. 答案：人面不知何处去。
5. 答案：C
6. 答案：C
7. 答案：B
8. 答案：C
9. 答案：C

3号选手题

1. 答案：采菊东篱下。
2. 答案：霜叶红于二月花。
3. 答案：屠
4. 答案：劝君更尽一杯酒。
5. 答案：C
6. 答案：A
7. 答案：A
8. 答案：C
9. 答案：B

4号选手题

1. 答案：松下问童子。
2. 答案：问君能有几多愁。
3. 答案：了
4. 答案：本是同根生。
5. 答案：C
6. 答案：C
7. 答案：C
8. 答案：A
9. 答案：C

飞花令诗句参考答案

1. 柳叶开银镝，桃花照玉鞍。　　　　　　——【唐】骆宾王《送郑少府入辽共赋侠客远从戎》
2. 九日黄花酒，登高会昔闻。　　　　　　——【唐】岑参《奉陪封大夫九日登高》
3. 近种篱边菊，秋来未著花。　　　　　　——【唐】皎然《寻陆鸿渐不遇》
4. 兰溪三日桃花雨，半夜鲤鱼来上滩。　　——【唐】戴叔伦《兰溪棹歌》
5. 西塞山前白鹭飞，桃花流水鳜鱼肥。　　——【唐】张志和《渔歌子》
6. 看取莲花净，应知不染心。　　　　　　——【唐】孟浩然《题大禹寺义公禅房》
7. 桃花一簇开无主，可爱深红爱浅红。　　——【唐】杜甫《江畔独步寻花》（其五）
8. 来日绮窗前，寒梅著花未。　　　　　　——【唐】王维《杂诗三首》（其二）
9. 黄鹤楼中吹玉笛，江城五月落梅花。　　——【唐】李白《与史郎中钦听黄鹤楼上吹笛》
10. 满园花菊郁金黄，中有孤丛色似霜。　　——【唐】白居易《重阳席上赋白菊》
11. 花红易衰似郎意，水流无限似侬愁。　　——【唐】刘禹锡《竹枝词》
12. 不是花中偏爱菊，此花开尽更无花。　　——【唐】元稹《菊花》
13. 寒梅最堪恨，常作去年花。　　　　　　——【唐】李商隐《忆梅》
14. 他年我若为青帝，报与桃花一处开。　　——【唐】黄巢《题菊花》
15. 浪花有意千里雪，桃花无言一队春。　　——【五代】李煜《渔父》
16. 有三秋桂子，十里荷花。　　　　　　　——【宋】柳永《望海潮》
17. 舞低杨柳楼心月，歌尽桃花扇底风。　　——【宋】晏几道《鹧鸪天》
18. 今年对花最匆匆，相逢似有恨，依依愁悴。——【宋】周邦彦《花犯》
19. 兴尽晚回舟，误入藕花深处。　　　　　——【宋】李清照《如梦令》
20. 城中桃李愁风雨，春在溪头荠菜花。　　——【宋】辛弃疾《鹧鸪天》

擂主争霸赛答案

1. 答案：慈母手中线，游子身上衣。
2. 答案：最喜小儿亡赖，溪头卧剥莲蓬。
3. 答案：驿外断桥边，寂寞开无主。
4. 答案：满城尽带黄金甲。
5. 答案：曹植
6. 答案：《念奴娇·赤壁怀古》
7. 答案：B
8. 答案：C

一语天然万古新·嘉宾点评

春夜喜雨
【唐】杜甫
好雨知时节，当春乃发生。
随风潜入夜，润物细无声。
野径云俱黑，江船火独明。
晓看红湿处，花重锦官城。

最好的雨
杜甫是唐代最温厚的诗人。"春夜喜雨"为什么"喜"？因为来得是时候。"好雨知时节，当春乃发生"，雨在春天最需要的时候来，而且来的方式温柔——"随风潜入夜"。不是白天下大雨，让人"上不了班"，而是晚上大家都安睡了，悄悄进入村庄。"润物细无声"，不是下冰雹，不是下瓢泼大雨，把庄稼都打坏了，而是细细的春雨，温润万物。这样的雨，在晚上，在春夜，在我们最需要它的时候来到。就好像我们最需要老师的时候，最需要一个人引导我们的时候，听到了温润的话语一样。杜甫写的虽然是雨，但是用意在人。因此这首诗经常被人们用来比喻教化人生，润物心田。"诗圣"写出来的诗真是令人感动。（康震）

赠汪伦
【唐】李白
李白乘舟将欲行，忽闻岸上踏歌声。
桃花潭水深千尺，不及汪伦送我情。

踏歌送别
唐朝的时候，妇女不需要裹脚，人们有跳舞的风俗，踏歌是其中一种。踏歌时上身不动，围成圆圈或排列成行，互相搭肩或者手拉在一起，靠脚跳出鼓点节奏。（蒙曼）

这是一首送别的诗，这种情感要有一定程度的夸张，才能表达朋友之间的深情厚谊。（董卿）

送别有惜别，有凄别，有男女之间的离别。像"桃花潭水深千尺，不及汪伦送我情"就属于惜别。此外还有壮别，比如"海内存知己，天涯若

比邻"。(蒙曼)

古人的交通不便。今日我把你送走,也许这一别,就难再见面,路上走俩月,回来再要俩月,通一封书信又要一个月,所以说"家书抵万金",于是分别也就变得格外的令人珍惜。
(康震)

七律·人民解放军占领南京
【现代】毛泽东

钟山风雨起苍黄,百万雄师过大江。
虎踞龙盘今胜昔,天翻地覆慨而慷。
宜将剩勇追穷寇,不可沽名学霸王。
天若有情天亦老,人间正道是沧桑。

穷寇也宜追

毛泽东的《七律·人民解放军占领南京》是非常著名的诗,展露了一种"宜将剩勇追穷寇"的观念。古人曾说"穷寇莫追",要得饶人处且饶人。当年在鸿门宴上,项羽虽是个英雄,但也有妇人之仁,放过了刘邦,结果自己乌江自刎,落得个悲惨结局。毛泽东是革命者,要吸取教训,"不可沽名学霸王"。这样一首很有豪情且有艺术性的诗中,同样讲述了很深刻的历史道理。不像我们通常所认为的讲道理的诗,比较干瘪,不好读。这首诗就不然,而且诗末"天若有情天亦老,人间

正道是沧桑"也非常抒情,还点化了古人诗句。毛主席的诗常常古为今用、点石成金。(康震)

蜀 相
【唐】杜甫

丞相祠堂何处寻,锦官城外柏森森。
映阶碧草自春色,隔叶黄鹂空好音。
三顾频烦天下计,两朝开济老臣心。
出师未捷身先死,长使英雄泪满襟。

杜甫与诸葛亮

这首诗确实写得好,在关于诸葛亮的诗词中,可谓数一数二。"映阶碧草自春色,隔叶黄鹂空好音"一句,既有声音描述,又有色彩对比。关键之处在于,前面是用一种很清丽的色彩和声音对比,而后边内涵非常厚重。"三顾频烦天下计,两朝开济老臣心。"这是在说诗人自己。杜甫生于公元712年,在唐玄宗时期有"一览众山小"的豪情万丈,到唐肃宗、唐代宗时期失意黯然,一个人经历了三朝皇帝,当说"两朝开济老臣心"时,不禁遥想孔明当年,想到自己落魄至成都,因而发出"出师未捷身先死,长使英雄泪满襟"的感慨。借古伤今,杜甫这首诗很沉重,我们读来也深深感觉到他对于诸葛孔明那种"与我心有戚戚焉"的感觉。(康震)

送友人

【唐】李白

青山横北郭，白水绕东城。
此地一为别，孤蓬万里征。
浮云游子意，落日故人情。
挥手自兹去，萧萧班马鸣。

汉字的同音不同义

"萧萧班马鸣"中为什么是"班级"的"班"，可以从造字法角度看，一边是一个"王"，另一边也是一个"王"，中间是一个刀。在这里，"王字旁"其实应该叫做"斜玉旁"，即这边是一块玉，那边也是一块玉，中间"刀"把玉劈开，所以"班"就是分离、离开之意，离群之马就被称为"班马"。"萧萧班马"的"萧"，如果是风声，就用草字头"萧"；如果是雨声，就用加三点水的"潇"。所以马萧声、风萧声都是草字头的"萧"，如果是"春雨潇潇"，或者是"天街小雨润如酥"或者"春夜喜

牧马图
唐代，韩幹，绢本设色，台北"故宫博物院"藏。

雨"那种雨，就是三点水的"潇"。中国汉字有很多特点，有时让人不好掌握，但这可能也是汉字最有趣的地方。（蒙曼）

归园田居五首（其三）

【晋】陶渊明

种豆南山下，草盛豆苗稀。
晨兴理荒秽，带月荷锄归。
道狭草木长，夕露沾我衣。
衣沾不足惜，但使愿无违。

"中品"诗人陶渊明

陶渊明是田园诗人中为数不多的、身体力行参与农活劳作的诗人。（董卿）

一般田园诗为什么写得不亲切？因为都是士大夫写的。他们高高在上，看着人种田，就说田家真好。但是陶渊明不一样。为什么陶渊明是田园诗鼻祖？不仅仅因为他第一个写田园诗，更因为他有一种真正热爱田园的情怀。（蒙曼）

钟嵘在《诗品》中，把当时包括陶渊明在内的很多诗人列为上品、中品和下品。陶渊明在《诗品》中被列入"中品"，也正是说明陶渊明的诗很纯朴。"种豆南山下，草盛豆苗稀"和"道狭草木长，夕露沾我衣"，全都是在写生活本真的东西，没有很强的修饰性。钟嵘所处的那个时代的人恰恰相反，喜欢华美的诗。因此陶渊明的诗在当时看来不属于"上品"。但在我们现在看来，这正是一首返璞归真的好诗，经过千年流传为亿万人读，方为真正的精品佳作。（康震）

石灰吟

【明】于谦

千锤万凿出深山，烈火焚烧若等闲。
粉骨碎身浑不怕，要留清白在人间。

"做人"与"做官"

"要留清白在人间"中"清白"是双关语，既是石灰的白，也是品行的纯洁。（董卿）

于谦非常了不起。朝廷靠他主持局面，他没有屈服于瓦剌的压力，坚持扶持新皇帝上台，并且打败了瓦剌的入侵，保住了大明江山，这是于谦政治上的功绩。在诗中，于谦非常了不起的地方在于，他不但写了一个最白的东西——石灰，并且"要留清白在人间"；他还写过最黑的东西——煤。他说"但愿苍生俱饱暖，不辞辛苦出山林"。一个人做官做到"但愿苍生俱饱暖"的境界，做人做到"要留清白在人间"的境界，这个人无论是做官还是做人都是第一等的。（蒙曼）

题都城南庄
【唐】崔护

去年今日此门中,人面桃花相映红。
人面不知何处去,桃花依旧笑春风。

崔护的爱情

《题都城南庄》写的是一个有名的爱情故事。头一年踏春,崔护向人家姑娘借了碗水喝。第二年再去,就留下了这首诗。据说这姑娘还因为这首诗相思而终。当然崔护也很多情,第三次去了。人家告诉他姑娘因为你的诗相思成疾,已经去世,还未葬埋,于是崔护去哭灵,哭这位姑娘。传说这位姑娘又醒来了,两人结成连理。这就是"生者可以死,死者可以生",这就是"情之至也",有情什么都能做得到。崔护一共留有六首诗,六首之中有这一首,就足以使崔护成为千古有名的诗人。(蒙曼)

忆秦娥·娄山关
【现代】毛泽东

西风烈,长空雁叫霜晨月。霜晨月,马蹄声碎,喇叭声咽。

雄关漫道真如铁,而今迈步从头越。从头越,苍山如海,残阳如血。

诗歌与战争

这首词有写实,"苍山如海,残阳如血",这是作者在长期的战斗生活当中看到过无数次的景象,在头脑里盘桓许久积累起来的对生活的写真。这首词运用了象征的手法,"苍山如海"象征着革命的征途,"残阳如血"象征着征途当中的艰难,但又是很浪漫的。娄山关一战,对红军非常重要,拿下娄山关就跳出了重围。诗中写"长空雁叫霜晨月",军队晚上出发,到了天亮的时候战斗已经结束,所以毛泽东这首词写的是整场战斗的全过程。但是你能听到枪炮声吗?你能听到战场上的厮杀声吗?作者以高度概括的浪漫笔触,只用了"马蹄声碎"和"喇叭声咽",就把一场战争全部写完。毛泽东的诗词概括性非常强,既有高度的艺术概括性,又显示出极其浪漫的情怀,非常了不起。

(康震)

将进酒·君不见
【唐】李白

君不见黄河之水天上来,奔流到海不复回。君不见高堂明镜悲白发,朝如青丝暮成雪。
人生得意须尽欢,莫使金樽空对月。
天生我材必有用,千金散尽还复来。
烹羊宰牛且为乐,会须一饮三百杯。
岑夫子,丹丘生,将进酒,杯莫停。
与君歌一曲,请君为我倾耳听。

钟鼓馔玉不足贵，但愿长醉不复醒。
古来圣贤皆寂寞，惟有饮者留其名。
陈王昔时宴平乐，斗酒十千恣欢谑。
主人何为言少钱，径须沽取对君酌。
五花马，千金裘，呼儿将出换美酒，
与尔同销万古愁。

烹羊宰牛

"烹羊宰牛"是一种很大的乐趣。李白为什么说"烹羊宰牛且为乐"，而不是烹猪宰鸡且为乐？其实这在古代是一个很重要的话题。在唐朝的时候，猪的地位还比较低，一直到苏东坡的时候，猪的地位依然很低。苏东坡做"东坡肉"，是因为富贵人家不屑于吃猪，老百姓又不知道怎样吃。鸡在唐朝连肉都不算。举个简单例子，唐朝时期反腐败，御史出朝的时候公务接待还不能上肉。当时有一个御史叫马周，因为吃肉被人举报。唐太宗审案时，一看是吃了一只鸡，就认为吃鸡怎么能算吃肉呢？所以马周没有触犯刑律。但是牛和羊不一样，故有"烹羊宰牛且为乐"。《礼记》中记载，天子三牲都得吃，牛羊猪都得吃，诸侯吃牛，卿吃羊，大夫才吃猪，士吃鱼，老百姓吃素，所以"烹羊宰牛且为乐"是高贵饮食。

李白喜欢喝酒助兴，即使借酒消愁，在消愁里也有"壮思飞"的感觉。（蒙曼）

北陂杏花

【宋】王安石

一陂春水绕花身，花影妖娆各占春。
纵被春风吹作雪，绝胜南陌碾成尘。

两种"落花"

有意思的地方在于王安石和曹雪芹观念不一样。王安石说"纵被春风吹作雪，绝胜南陌碾成尘"，他认为吹作雪的杏花飘到池塘里是好事。曹雪芹借林黛玉之口说："未若锦囊收艳骨，一抔净土掩风流。"花流到水里，流到有人家的地方，于是脏的臭的事物都能把它玷污了。但是如果将花收到锦囊里，把它埋到土里，它还是干净的。其实王安石和曹雪芹的心是一样的，都要求这花干净，认为花干净，自己的心就干净。但是什么是干净？王安石说随水流走最干净，曹雪芹说掩在土里最干净。（蒙曼）

山　行

【唐】杜牧

远上寒山石径斜，白云生处有人家。
停车坐爱枫林晚，霜叶红于二月花。

杜牧的晚唐风味

人们常说：杜郎俊赏。杜牧虽然是晚唐的诗人，但是相较于李商隐的诗，他的诗艳丽非常，色彩绚烂。从"远上寒山石径斜,白云生处有人家"到"停车坐爱枫林晚,霜叶红于二月花",清俊健朗,有一种很清新的感觉。所以有人认为,杜牧虽是晚唐人,但诗歌这种风格颇有些盛唐风味。尤其是绝句方面,既没有晚唐诗人的那种哀叹落寞的情调,在色彩上也不像晚唐诗人那样浓艳。这是因为杜牧本人的个性好兵学,自己又做过刺史,他的家族也显赫。他是京兆杜氏,贵族出身,所以好言兵略,好谈国略,有很高的志向。这些都使他的诗歌展现出一种迥异于晚唐其他诗人的风采。(康震)

春云晓霭图轴(局部)
元代,高克恭,纸本设色,北京故宫博物院藏。

元 日
【宋】王安石

爆竹声中一岁除,春风送暖入屠苏。
千门万户曈曈日,总把新桃换旧符。

屠苏酒的"礼"

中国人讲礼,喝酒要长者先喝,幼者后喝。唯有屠苏酒,因在过年时节喝,必须幼者先喝,老者后喝。宋朝的时候,苏辙写"年年最后饮屠苏,不觉年来七十余。"他此时七十多岁了,可能从六十多岁开始就是家中最年长的人,所以每年都最后喝屠苏酒。

过年,对于年轻人来说是"得年",人又得了一年,是高兴的事情。而对于长者来讲,是"失年",又失掉了一年。饮屠苏酒是幼者当喜,长者也并非当悲,长者已经送走那么多的人生大好年华。屠苏酒幼者先喝,长者后喝,才叫礼,是属于中国的礼。(蒙曼)

闻王昌龄左迁龙标遥有此寄
【唐】李白

杨花落尽子规啼，闻道龙标过五溪。
我寄愁心与明月，随风直到夜郎西。

子规的啼叫

古代的鸟可以入诗。有鸿雁"拣尽寒枝不肯栖"的清高，有"子规啼"的悲凄。子规是什么？就是杜鹃鸟。据说这种鸟，每次叫的时候像是悲叫。"闻道龙标过五溪"，王昌龄往南走，但是内心恋着皇上和宫廷，所以像子规鸟一样，向北啼叫。"子规"是意象烘托，中国古代语言之美有很多方面，在不同时候和不同场合用不同意象。"杨花落尽"和"子规"啼叫，用得恰到好处，让人能联想好多典故和好多情景来。读一首诗，心中涌现出无限的意象，这就是中国古诗的美。

（蒙曼）

李白是不同凡响的诗人。"狂风吹我心，西挂咸阳树"，这是怎样非凡的想象力，才能想到心跟着风、跟着明月？遥想大唐，那是怎样一个非凡的时代！每个诗人都拥有空前的想象力和表达力，每当他们想到要表达这种感情，就有无限的句式来供他们驱使。我想，即便他们没有高官，没有厚禄，但他们的精神世界也比任何一个时代都丰富。（康震）

赋得古原草送别
【唐】白居易

离离原上草，一岁一枯荣。
野火烧不尽，春风吹又生。
远芳侵古道，晴翠接荒城。
又送王孙去，萋萋满别情。

长安米贵，居大不易

这首诗是科举考试前的一首备考诗，是与应考有关的特定诗题。要按照某个题材来写诗，命题作文能写成千古名诗，太不容易，况且此时白居易还非常年轻。"离离原上草，一岁一枯荣"揭示了一种环境。一个十几岁的年轻人来到偌大的京城赶考，没有任何的依傍。此时，白居易找到一位诗歌界前辈顾况，告诉顾况自己想有所作为、在京城有立足之地。顾况说，你的名字是"白居易"，白白地住在这儿很容易。但长安的米和房子很贵，你知道吗？据说白居易把这首诗给他一看，他感叹道：能够写出这样的诗，房子和米再贵，对你而言都不难。所以"长安米贵，居大不易"是关于才华的故事。（康震）

虞美人·春花秋月何时了
【五代】李煜

春花秋月何时了，往事知多少？
小楼昨夜又东风，故国不堪回首月明中。
雕栏玉砌应犹在，只是朱颜改。
问君能有几多愁？恰似一江春水向东流。

李煜的"愁"

秦观写"落花万点愁如海",这首词则说"恰似一江春水向东流"。海也罢,江也罢,它们滔滔不绝不断流。这是"愁"很有意思的比喻。中国古代写"愁"的诗词很多,人活得越长,人生会有越多的感慨。对于生命的无力感也就越多,就会有"愁"。这是人生的一部分,让人生特别丰富。

"愁"有很多种,李煜属于亡国之

楼阁图(局部)
宋代,夏明远,绢本设色,日本东京国立博物馆藏。

愁。有些愁不知从何而起，如贺铸词："试问闲愁都几许？一川烟草，满城风絮，梅子黄时雨。"闲愁有多少？就像"满城风絮"和"梅子黄时雨"，无因而来，无由而去，然后飘飘洒洒萦绕在人的心头。"愁"又不可解，不可解的东西也是人生的一部分。其实李煜的词就是如此。李煜早年人生阅历不丰富的时候，在小朝廷当皇帝时写的词中，艳词也不少。但一旦他有了"愁"，一旦破国亡家，一旦一朝沦为臣子之后，李煜词的境界忽然上升了。磨难锻炼人。生活中这些磨难，反而会让生命感受更丰富，人生境界更高。（蒙曼）

中国第一首完整的文人七言诗就是他写的《燕歌行》。

《七步诗》中，"本是同根生，相煎何太急？"写尽了文人在政治重压之下，尤其在同胞兄长的重压之下精神的压抑、委屈和不满。如果没有这么高的才情，是难以运用如此巧妙的比喻的。本来复杂的事情，一语道破，让我们沿用至今。曹植写的《洛神赋》《美人篇》，这些作品都开创了新的诗歌时代。（康震）

谢灵运评曹植，"天下才有一石，曹子建独占八斗"，曹植的诗是文人诗的典范。（董卿）

七步诗
【魏】曹植

煮豆燃豆萁，豆在釜中泣。
本是同根生，相煎何太急？

出塞二首（其一）
【唐】王昌龄

秦时明月汉时关，万里长征人未还。
但使龙城飞将在，不教胡马度阴山。

天下才有一石，曹子建独占八斗

"三曹"里才华最高者应该是曹植。钟嵘评价他"词采华茂，骨气奇高"，说他的诗非常繁茂，立意、骨气很高。曹植是典型知识分子性情，日常写诗、饮酒、交文友，政治上不敌大哥曹丕。曹丕也确实能继承他父亲的职位，这点曹操看得很清楚。《七步诗》实际上是两个才子间的斗争。曹丕也是大文人，

盛唐边塞诗

盛唐诗人写出来的"边塞"，不仅让人感到身临其境，又展现了出征的气魄。"秦时明月汉时关，万里长征人未还"，秦汉时代的关塞依然存在，而且秦汉时代的豪情依然不改。唐人写诗一笔就从几千年划到现在。到了明清以后，细细琐琐，唯恐事情说不细，反而失了气魄。盛唐诗的一大特点，就是直奔主题，简洁有力，

三言两语言尽其意。（康震）

遣悲怀三首（其三）
【唐】元稹

闲坐悲君亦自悲，百年都是几多时！
邓攸无子寻知命，潘岳悼亡犹费词。
同穴窅冥何所望？他生缘会更难期。
惟将终夜长开眼，报答平生未展眉。

元稹与韦丛

元稹和韦丛的婚姻，持续了短短七年。虽然只有七年，但两个人的感情达到了后人很难企及的高度，同时元稹的文学表达，也达到了一个后人很难企及的高度。比如我们熟悉的"曾经沧海难为水，除却巫山不是云"。元稹是写法上的"情圣"，他在表达感情这方面，确实有独到之处。这可能也是中唐诗人的一个特点：不再是李白的志存高远，也不再是王昌龄"秦时明月汉时关"的家国情怀，中唐诗人更多地关注到细腻的生活本身，在表达方面，比盛唐更有一种细腻婉约的情怀。

（蒙曼）

"惟将终夜长开眼，报答平生未展眉。"我愿整夜失眠来报答你一生没有展开过的愁眉。这是元稹悼亡妻的诗，是抒情诗中的一绝。中唐诗人与李白等盛唐诗人不一样。"君不见黄河之水天

关山积雪图（局部）
宋代，燕肃，绢本设色，北京故宫博物院藏。

上来"，让我们感受到一个蓬勃的天才世界，而"曾经沧海难为水"给我们展现是一个细腻深层的文人世界，是我们每一个人都可以理解的世界。所以中国古典诗词真是一个巨大的宝库，我们需要怎样的精神慰藉，它就能给我们展开什么样的怀抱。（康震）

韦丛嫁了他之后，吃了不少苦，受了不少累，加之英年早逝，真是字字血泪。我想所有的女子看到这句诗，都会怦然心动的。（董卿）

赠白马王彪（节选）

【魏】曹植

心悲动我神，弃置莫复陈。
丈夫志四海，万里犹比邻。
恩爱苟不亏，在远分日亲。
何必同衾帱，然后展殷勤。
忧思成疾疢，无乃儿女仁。
仓卒骨肉情，能不怀苦辛？

三首"比邻"诗

曹植《赠白马王彪》诗曰："丈夫志四海，万里犹比邻。"王勃《送杜少府之任蜀州》诗曰："海内存知己，天涯若比邻。"张九龄《送韦城李少府》诗曰："相知无远近，万里尚为邻。"

三首诗表达的意思有很大不同。曹植的诗意思是说：只要志在四方，万里之遥若比邻之近。王勃说："海内存知己，天涯若比邻。"什么叫知己？大家都是"宦游人"，都在各奔前程，但只要我们这些知己，心心相知，即便离得很远，也可以"天涯若比邻"。这个范围比曹植的范围要小。张九龄的诗句比较宽泛，不是指特定人群，意思说：只要我们相知，不存在远近。（康震）

这三首诗都写"壮别"。"儿女共沾巾"这种"惜别"境界也很美很温暖。但如果诗中只有"惜别"，人生就缺了一种豪情。这三首诗都写豪情。曹植写《赠白马王彪》时，其实内心非常沉重。因为他和白马王曹彪及任城王曹彰三人一起去见哥哥曹丕，结果任城王不明不白死去。曹植和白马王封地相近，关系很好，本应一起走，但曹丕不许他们结伴而行，曹植就在悲愤中写"丈夫志四海，万里犹比邻"。能够看出曹植的气魄：虽然自己不得意，但是我还是有一颗雄心。另外两首诗范围不一样，有对自己亲近的人，有对特定意义上的同道人，有的更宽泛，指一切有志的大丈夫，但是所指心情一样。离别不一定悲悲戚戚，如果我们有知己，有丈夫之志，即使身隔千万里，大家也依然如同比邻。（蒙曼）

摸鱼儿·更能消几番风雨

【宋】辛弃疾

更能消、几番风雨，匆匆春又归

去。惜春长怕花开早，何况落红无数。春且住，见说道、天涯芳草无归路。怨春不语。算只有殷勤，画檐蛛网，尽日惹飞絮。

长门事，准拟佳期又误，蛾眉曾有人妒。千金纵买相如赋，脉脉此情谁诉？君莫舞，君不见、玉环飞燕皆尘土。闲愁最苦。休去倚危栏，斜阳正在，烟柳断肠处。

千金买赋

司马相如写《长门赋》的故事讲的是汉武帝的皇后陈阿娇的遭遇。她开始得宠，后来失宠被打入冷宫，于是特地请司马相如撰写《长门赋》来唤起汉武帝对她的旧情。王安石的《明妃曲》"借题发挥"，说王昭君出塞受了莫大委屈。其实看"君不见咫尺长门闭阿娇"，陈阿娇不是从得宠到被冷落吗？"人生失意无南北"，焉见得王昭君在出塞之地不受宠？所以说，事情都得从辩证的角度去看，这是古诗里的辩证法。（康震）

诗词不厌百回读，熟读深思子自知

登鹳雀楼
【唐】王之涣
白日依山尽，黄河入海流。
欲穷千里目，更上一层楼。

卜算子·咏梅
【宋】陆游
驿外断桥边，寂寞开无主。已是黄昏独自愁，更著风和雨。
无意苦争春，一任群芳妒。零落成泥碾作尘，只有香如故。

乡村四月
【宋】翁卷
绿遍山原白满川，子规声里雨如烟。
乡村四月闲人少，才了蚕桑又插田。

鹊桥仙·纤云弄巧
【宋】秦观
纤云弄巧，飞星传恨，银汉迢迢暗度。金风玉露一相逢，便胜却、人间无数。
柔情似水，佳期如梦，忍顾鹊桥归路。两情若是久长时，又岂在、朝朝暮暮。

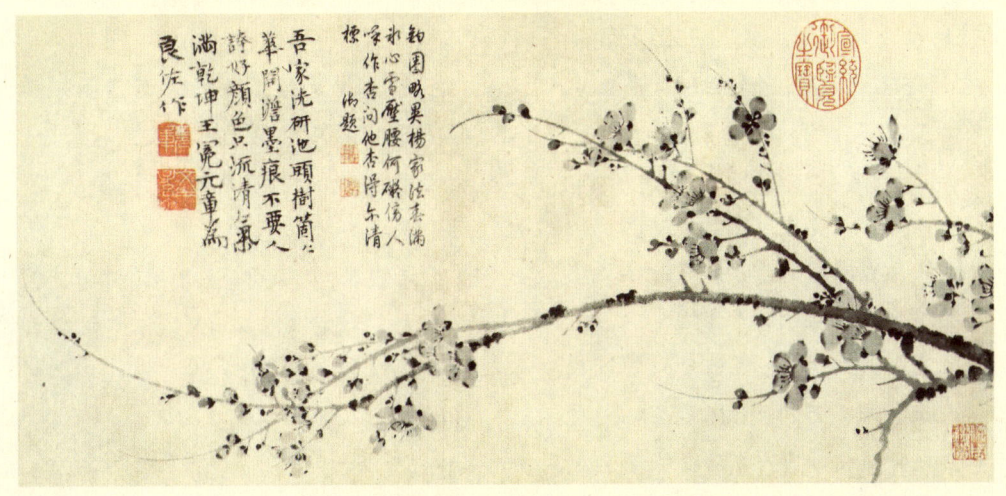

墨梅图（局部）
元代，王冕，纸本水墨，北京故宫博物院藏。

游子吟
【唐】孟郊

慈母手中线，游子身上衣。
临行密密缝，意恐迟迟归。
谁言寸草心，报得三春晖。

清平乐·村居
【宋】辛弃疾

茅檐低小，溪上青青草。醉里吴音相媚好，白发谁家翁媪？
大儿锄豆溪东，中儿正织鸡笼。最喜小儿亡赖，溪头卧剥莲蓬。

寻隐者不遇
【唐】贾岛

松下问童子，言师采药去。
只在此山中，云深不知处。

不第后赋菊
【唐】黄巢

待到秋来九月八，我花开后百花杀。
冲天香阵透长安，满城尽带黄金甲。

饮中八仙歌
【唐】杜甫

知章骑马似乘船，眼花落井水底眠。
汝阳三斗始朝天，道逢麹车口流涎，
恨不移封向酒泉。左相日兴费万钱，
饮如长鲸吸百川，衔杯乐圣称避贤。
宗之潇洒美少年，举觞白眼望青天，
皎如玉树临风前。苏晋长斋绣佛前，
醉中往往爱逃禅。李白一斗诗百篇，
长安市上酒家眠。天子呼来不上船，
自称臣是酒中仙。张旭三杯草圣传，
脱帽露顶王公前，挥毫落纸如云烟。
焦遂五斗方卓然，高谈雄辩惊四筵。

清平调三首（其三）
【唐】李白

名花倾国两相欢，长得君王带笑看。
解释春风无限恨，沉香亭北倚阑干。

沙丘城下寄杜甫
【唐】李白

我来竟何事？高卧沙丘城。
城边有古树，日夕连秋声。
鲁酒不可醉，齐歌空复情。
思君若汶水，浩荡寄南征。

满江红·写怀
【宋】岳飞

怒发冲冠，凭栏处、潇潇雨歇。抬望眼，仰天长啸，壮怀激烈。三十功名尘与土，八千里路云和月。莫等闲、白了少年头，空悲切。
靖康耻，犹未雪。臣子恨，何时灭？驾长车，踏破贺兰山缺。壮志饥餐胡虏肉，笑谈渴饮匈奴血。待从头、收拾旧山河，朝天阙。

第三场

好雨知时节,当春乃发生[1]

在中国古诗词当中,我们既能够感受到一份"空山新雨后"①的清新,也能够感受到一份"却话巴山夜雨时"②的深情;我们既能够感受到一份"东边日出西边雨"③的哲思,也能够感受到一份"已是黄昏独自愁,更著风和雨"④的惆怅。

当然,我们更希望《中国诗词大会》是一场"春夜喜雨",在这冬去春来的美好时节里,像春雨一样滋润我们的心灵,春风化雨,润物无声。

——董卿(《中国诗词大会》主持人)

山居秋暝 ①
【唐】王维

空山新雨后,天气晚来秋。
明月松间照,清泉石上流。
竹喧归浣女,莲动下渔舟。
随意春芳歇,王孙自可留。

夜雨寄北 ②
【唐】李商隐

君问归期未有期,巴山夜雨涨秋池。
何当共剪西窗烛,却话巴山夜雨时。

竹枝词二首(其一) ③
【唐】刘禹锡

杨柳青青江水平,闻郎江上踏歌声。
东边日出西边雨,道是无晴却有晴。

卜算子·咏梅 ④
【宋】陆游

驿外断桥边,寂寞开无主。已是黄昏独自愁,更著风和雨。
无意苦争春,一任群芳妒。零落成泥碾作尘,只有香如故。

---

1 《春夜喜雨》 【唐】杜甫
好雨知时节,当春乃发生。随风潜入夜,润物细无声。野径云俱黑,江船火独明。晓看红湿处,花重锦官城。

刚才董老师吟诵了杜甫的《春夜喜雨》，我也来一句。"星垂平野阔，月涌大江流"⑤这两句诗，给我们展示了天地的境界，人文的情怀，就像我们今天的诗词大会一样，有天上的星星，有地上的水流，还有可爱的我们。

——康震（北京师范大学文学院教授、博士生导师）

⑤ **旅夜书怀**
【唐】杜甫
细草微风岸，危樯独夜舟。
星垂平野阔，月涌大江流。
名岂文章著，官应老病休。
飘飘何所似，天地一沙鸥。

杜甫说，"白日放歌须纵酒，青春作伴好还乡。"⑥希望大家与春天为伴，与诗词为伴，与青春为伴，诗酒趁年华。

——蒙曼（中央民族大学副教授、北京大学历史学博士）

⑥ **闻官军收河南河北**
【唐】杜甫
剑外忽传收蓟北，初闻涕泪满衣裳。
却看妻子愁何在，漫卷诗书喜欲狂。
白日放歌须纵酒，青春作伴好还乡。
即从巴峡穿巫峡，便下襄阳向洛阳。

诗词之乐何处寻？

个人追逐赛

1号选手

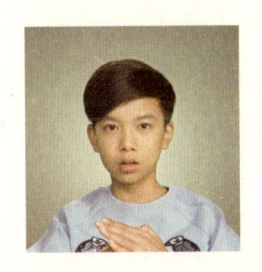

叶飞

宣父犹能畏后生，丈夫未可轻年少。

上李邕
【唐】李白

大鹏一日同风起，扶摇直上九万里。
假令风歇时下来，犹能簸却沧溟水。
世人见我恒殊调，闻余大言皆冷笑。
宣父犹能畏后生，丈夫未可轻年少。

叶飞： 来自安徽安庆，初一学生，善用文言文写作，曾获作文满分。在"个人追逐赛"环节共答对 9 道题，得分 191 分。

1. 请从以下九个字中识别一句五言唐诗。

同	本	豆
根	生	国
红	为	南

【分值：17】

2. 请从以下十二个字中识别一句七言唐诗。

深	巷	杏	明
牧	朝	花	村
指	遥	买	童

【分值：36】

3. 请填字。

日	照	香		生	紫	烟
遥	看	瀑	布	挂	前	川
	庐	炉	芦	胪	泸	

【分值：25】

4. 请对上句。

人	间	正	道	是	沧桑
若	晴	老	有	天
是	天	亦	道	情

【分值：28】

5. 辛弃疾"明月别枝惊鹊"一句与下列哪项诗句意思最接近？（ ）

A 人来鸟不惊

B 月出惊山鸟

C 恨别鸟惊心

【分值：16】

6. "窈窕淑女，君子好求"中哪个字是错误的？（ ）

A 窈 × —妖

B 淑 × —姝

C 求 × —逑

【分值：11】

7. 下面三句涉及梨花的诗句中，哪一句的梨花是实指？（ ）

A 千树万树梨花开　　B 梨花一枝春带雨　　C 雨打梨花深闭门

【分值：20】

8. "马作的卢飞快，弓如霹雳弦惊"中的"的卢"指的是什么？（ ）

A 弓箭

B 战车

C 马

【分值：11】

9. 下列诗句，哪一项是正确的？（ ）

A 留连细蝶时时舞，自在娇莺恰恰啼。

B 留连戏蝶时时舞，自在娇莺恰恰啼。

C 留莲戏蝶时时舞，自在娇莺恰恰啼。

【分值：27】

计算得分：

2 号选手

张淼淼

我本楚狂人，凤歌笑孔丘。

庐山谣寄卢侍御虚舟（节选）

【唐】李白

我本楚狂人，凤歌笑孔丘。

手持绿玉杖，朝别黄鹤楼。

张淼淼：来自湖北武汉，就读于北京师范大学，会背三千首古诗词，在"个人追逐赛"环节共答对 9 道题，得分 237 分。从"个人追逐赛"中胜出，进入第二个环节"飞花令"。

1. 请从以下九个字中识别一句五言唐诗。

明	泉	松	明
间	来	乡	间
照	月	问	照

【分值：15】

2. 请从以下十二个字中识别一句七言唐诗。

一	帆	刃	山
万	片	城	日
天	边	孤	来

【分值：82】

3. 请填字。

采	菊	东	篱	下
	然	见	南	山
幽	犹	悠	油	由

【分值：8】

4. 请对上句。

为	伊	消	得	人	憔	悴
宽	为	带	悴	终
不	衣	憔	渐	悔

【分值：24】

5. "遥知兄弟登高处，遍插茱萸少一人"中"少一人"少的是谁？（　　）

　　A 王维的朋友

　　B 王维的兄弟

　　C 王维自己

【分值：17】

6. "白发三千丈，原愁似个长"中哪一个字是错误的？（　　）

　　A 丈 ×—仗

　　B 原 ×—缘

　　C 似 ×—是

【分值：10】

7. 下列诗句，哪一项是正确的？（　　）

　　A 别有悠愁暗恨生，此时无声胜有声。

　　B 别有忧愁暗恨生，此时无声胜有声。

　　C 别有幽愁暗恨生，此时无声胜有声。

【分值：29】

8. "豆在釜中泣"中的"釜"是什么？（　　）

　　A 锅　　　　　　B 碗　　　　　　C 灶

【分值：11】

9. 毛泽东诗句"烟雨莽苍苍，龟蛇锁大江"中的"龟蛇"指什么？（　　）

　　A 龟山和蛇山　　　B 江中的龟和蛇　　　C 武汉长江大桥

【分值：41】

计算得分：

3号选手

朱捷

头重脚轻根底浅，嘴尖皮厚腹中空。

对 联
【明】解缙

墙上芦苇，头重脚轻根底浅；
山间竹笋，嘴尖皮厚腹中空。

朱捷： 来自江苏徐州，大学化工老师，热爱诗词的化学博士，在"个人追逐赛"环节共答对 9 道题，得分 156 分。

1. 请从以下九个字中识别一句汉代五言诗。

白	年	不
壮	头	力
努	啦	少

【分值：11】

2. 请从以下十二个字中识别一句七言唐诗。

雨	渭	润	朝
浥	酥	城	街
天	轻	小	如

【分值：55】

3. 请填字。

随	风			入	夜
润	物	细		无	声
遣	前	悄	潜	替	

【分值：4】

4. 请对上句。

她	在	丛	中	笑
山	兰	到	烂	滥
慢	待	时	漫	花

【分值：24】

5. 苏轼"为报倾城随太守，亲射虎，看孙郎"中用到"孙郎"的典故，指的是以下哪位历史人物？（　　）

　　A 孙权
　　B 孙坚
　　C 孙策

【分值：26】

6. "旧时王谢堂前燕，飞入平常百姓家"中哪个字是错误的？（　　）

　　A 前 ×—上
　　B 燕 ×—雁
　　C 平 ×—寻

【分值：9】

7. 请问下列哪一项和减肥有关？（　　）

　　A 身瘦带频减，发稀冠自偏。
　　B 帘卷西风，人比黄花瘦。
　　C 楚王好细腰，宫中多饿死。

【分值：8】

8. "解落三秋叶，能开二月花"描写的是哪一种自然现象？（　　）

　　A 雪
　　B 雨
　　C 风

【分值：3】

9. 下列诗句，哪一项是正确的？（　　）

　　A 应怜屐齿印仓台，小叩柴扉久不开。
　　B 应怜屐齿映苍苔，小叩柴门久不开。
　　C 应怜屐齿印苍苔，小扣柴扉久不开。

【分值：16】

计算得分：

4号选手

王子龙
莫愁前路无知己，天下谁人不识君。

别董大二首
【唐】高适

其一
千里黄云白日曛，北风吹雁雪纷纷。
莫愁前路无知己，天下谁人不识君。

其二
六翮飘飖私自怜，一离京洛十余年。
丈夫贫贱应未足，今日相逢无酒钱。

王子龙：来自河北石家庄，高校教师，人称"万词王"的阅读推广人。在"个人追逐赛"环节共答对 9 道题，得分 158 分。

1. 请从以下九个字中识别一句五言唐诗。

做	当	顶
会	凌	人
杰	生	绝

【分值：21】

2. 请从以下十二个字中识别一句七言唐诗。

相	雁	来	儿
归	相	似	见
不	曾	童	识

【分值：44】

3. 请填字。

不	畏	浮	云	遮	望	眼
自		身	在	最	高	层
缘	因	原	言	道		

【分值:10】

4. 请对上句。

僧	敲	月	下	门
村	鸟	合	边	
宿	迟	池	树	

【分值:25】

5. 杜甫"千载琵琶作胡语,分明怨恨曲中论",是咏叹哪一位"和亲"的女性?(　　)

A 乌孙公主

B 文成公主

C 王昭君

【分值:5】

6. "梦里寻他千百度,蓦然回首,那人却在,灯火阑珊处"中哪个字是错误的?(　　)

A 梦×—众

B 他×—她

C 阑×—斓

【分值:23】

7. 以下哪一项中的"书"指书本?
(　　)

A 梦为远别啼难唤,书被催成墨未浓。

B 云中谁寄锦书来,雁字回时,月满西楼。

C 却看妻子愁何在,漫卷诗书喜欲狂。

【分值:12】

8. "几处早莺争暖树,谁家新燕啄春泥"中的"新燕"指的是?(　　)

A 新生的燕子

B 春天新来的燕子

C 陌生的燕子

【分值:12】

9. "周公吐哺,天下归心"中"周公吐哺"典故的意思是?(　　)

A 周公求贤若渴　　　B 周公身体不好　　　C 周公生活节俭

【分值:6】

计算得分:

飞花令

王婷婷 VS 张淼淼

王婷婷

就读于上海师范大学,是一名中国古代文学专业的硕士研究生。百人团中答题准确率最高,耗时最短,进入第二个环节"飞花令"。

王婷婷:等闲识得东风面,万紫千红总是春。
张淼淼:春眠不觉晓,处处闻啼鸟。
我:_____

王婷婷:好雨知时节,当春乃发生。
张淼淼:人闲桂花落,夜静春山空。
我:_____

王婷婷:小楼一夜听春雨,深巷明朝卖杏花。
张淼淼:春江潮水连海平,海上明月共潮生。
我:_____

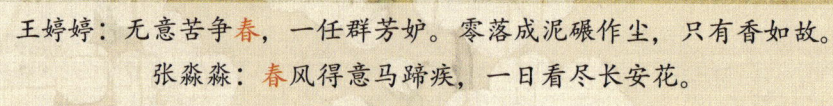

王婷婷：无意苦争春，一任群芳妒。零落成泥碾作尘，只有香如故。
张淼淼：春风得意马蹄疾，一日看尽长安花。
我：_____

王婷婷：春色满院关不住，一枝红杏出墙来。
张淼淼：五原春色归来迟，二月垂杨未挂丝。
我：_____

梨花鹦鹉图
宋代，黄居寀，绢本设色，美国波士顿美术馆藏。

擂主争霸赛

张淼淼 vs 陈　更

"飞花令"中获胜者张淼淼进入"擂主争霸赛",作为攻擂者和守擂擂主陈更在最后一个环节中一决高下。每题 1 分,在抢答中陈更率先获得 5 分,守擂成功。

1. 图片线索题,根据以下画作及所给的文字猜出一联诗。

			空	

2. 图片线索题,根据以下画作及所给的文字猜出一联诗。

				深

3. 图片线索题,根据以下画作及所给的文字猜出一联诗。

				中

4. 文字线索题，根据以下线索说出两句诗。

  (1) 它由两个七言句构成。

  (2) 表达了作者追求真理的精神。

  (3) 作者是屈原。

  (4) 诗中有"求索"。

5. 根据以下选项答一历史人物。

  (1) 中国古代四大美人之一。

  (2) 唐代大小"李杜"都有诗赋之。

  (3) 白居易"梨花一枝春带雨"指的是她。

  (4) 与苏轼同样喜欢荔枝。

6. 根据以下线索，猜出这首歌的诗题。

  (1) 这是唐代的一首歌行。

  (2) 它在当时即被广泛传唱，甚至有国际影响。

  (3) 它的作者是白居易。

  (4) 它描述了杨玉环与唐玄宗的爱情悲剧。

7. 下列名句中哪项不是写元宵节的？（ ）

  A 东风夜放花千树，更吹落，星如雨。

  B 春宵一刻值千金，花有清香月有阴。

  C 月上柳梢头，人约黄昏后。

8. 下列名句哪项不是表达为国献身的?（　　）

　　　　A 人生只合扬州死, 禅智山光好墓田。

　　　　B 愿得此身长报国, 何须生入玉门关!

　　　　C 醉卧沙场君莫笑, 古来征战几人回?

自我评价及答案

个人追逐赛	1		飞花令	接到第组	擂主争霸赛	答对道题
	2					
	3					
	4					

个人追逐赛答案

1号选手题

1. 答案：红豆生南国。
2. 答案：牧童遥指杏花村。
3. 答案：炉
4. 答案：天若有情天亦老。
5. 答案：B
6. 答案：C
7. 答案：C
8. 答案：C
9. 答案：B

2号选手题

1. 答案：明月松间照。
2. 答案：孤帆一片日边来。
3. 答案：悠
4. 答案：衣带渐宽终不悔。
5. 答案：C
6. 答案：B
7. 答案：C
8. 答案：A
9. 答案：A

3号选手题

1. 答案：少壮不努力。
2. 答案：天街小雨润如酥。
3. 答案：潜
4. 答案：待到山花烂漫时。
5. 答案：A
6. 答案：C
7. 答案：C
8. 答案：C
9. 答案：C

4号选手题

1. 答案：会当凌绝顶。
2. 答案：儿童相见不相识。
3. 答案：缘
4. 答案：鸟宿池边树。
5. 答案：C
6. 答案：A
7. 答案：C
8. 答案：B
9. 答案：A

飞花令诗句参考答案

1. 寂寞空庭春欲晚，梨花满地不开门。 ——【唐】刘方平《春怨》
2. 红豆生南国，春来发几枝。 ——【唐】王维《相思》
3. 云想衣裳花想容，春风拂槛露华浓。 ——【唐】李白《清平调三首》（其一）
4. 人面不知何处去，桃花依旧笑春风。 ——【唐】崔护《题都城南庄》
5. 自古逢秋悲寂寥，我言秋日胜春朝。 ——【唐】刘禹锡《秋词》
6. 草树知春不久归，百般红紫斗芳菲。 ——【唐】韩愈《晚春二首》（其一）
7. 迟日江山丽，春风花草香。 ——【唐】杜甫《绝句二首》（其一）
8. 春种一粒粟，秋收万颗子。 ——【唐】李绅《悯农二首》（其一）
9. 绿杨烟外晓寒轻，红杏枝头春意闹。 ——【宋】宋祁《玉楼春》
10. 海日生残夜，江春入旧年。 ——【唐】王湾《次北固山下》
11. 春城无处不飞花，寒食东风御柳斜。 ——【唐】韩翃《寒食》
12. 日出江花红胜火，春来江水绿如蓝。 ——【唐】白居易《忆江南三首》（其一）
13. 读书不觉已春深，一寸光阴一寸金。 ——【唐】王贞白《白鹿洞二首》（其一）
14. 东风不与周郎便，铜雀春深锁二乔。 ——【唐】杜牧《赤壁》
15. 问君能有几多愁？恰似一江春水向东流。 ——【五代】李煜《虞美人》
16. 春风又绿江南岸，明月何时照我还。 ——【宋】王安石《泊船瓜洲》
17. 竹外桃花三两枝，春江水暖鸭先知。 ——【宋】苏轼《惠崇春江晚景二首》（其一）
18. 爆竹声中一岁除，春风送暖入屠苏。 ——【宋】王安石《元日》
19. 桃李春风一杯酒，江湖夜雨十年灯。 ——【宋】黄庭坚《寄黄几复》
20. 伤心桥下春波绿，曾是惊鸿照影来。 ——【宋】陆游《沈园二首》（其一）

擂主争霸赛答案

1. 答案：昔人已乘黄鹤去，此地空余黄鹤楼。
2. 答案：曲径通幽处，禅房花木深。
3. 答案：一道残阳铺水中，半江瑟瑟半江红。
4. 答案：路漫漫其修远兮，吾将上下而求索。
5. 答案：杨玉环
6. 答案：《长恨歌》
7. 答案：B
8. 答案：A

一语天然万古新·嘉宾点评

相 思
【唐】王维

红豆生南国，春来发几枝。
愿君多采撷，此物最相思。

红豆最相思

这是王维非常著名的一首诗。想到王维好像觉得他就是写田园诗，其实王维是个多情人。红豆寄托着情人之间的相思之意。唐代的诗，特别是盛唐的诗有个特点：语言的表达有时候甚至像白话一样，但又不完全是白话，里面有一种很深的文学修养。一方面对诗的语言千锤百炼，另一方面又充分吸收了古代乐府的语言传统，既明白如话，又精巧雕琢，所以唐诗的语言成了中国古典诗歌的典范。王维的这首《相思》就非常典型。（康震）

其实就是语浅而情深，这个特别重要。因为如果诗写得佶屈聱牙，它一定流传不广。那这首诗流传广的原因在哪儿？它是用来唱的词。当时就是写给李龟年，所以又叫《江上赠李龟年》。李龟年作为一个歌者，是受到很多"大神"青睐的。王维、杜甫他们都给他写过诗，而这首诗是通过李龟年的歌唱广泛流传出来的，可以看到古代诗和歌的紧密联系。我们若是能恢复这个传统，今天诗词推广力度还得更大。（蒙曼）

几千年来，红豆的确寄托了无数相思，比如"玲珑骰子安红豆，入骨相思知不知？"（董卿）

七律·人民解放军占领南京
【现代】毛泽东

钟山风雨起苍黄，百万雄师过大江。
虎踞龙盘今胜昔，天翻地覆慨而慷。
宜将剩勇追穷寇，不可沽名学霸王。
天若有情天亦老，人间正道是沧桑。

悲壮的战士

辛弃疾是一名真正打仗的战士，上马杀贼，下马草檄文的战士。毛主席的诗有一种革命乐观精神，他对辛

词具有一种特殊情感。他的诗里取李贺奇丽,词里取辛词悲壮。(蒙曼)

鸟鸣涧

【唐】王维

人闲桂花落,夜静春山空。
月出惊山鸟,时鸣春涧中。

刹那的领悟

"人闲桂花落",难道我闲下来了,桂花就掉下来了吗?这不是因果关系,而是说人静下来了,才会注意到桂花静静地坠落这个现象,你的心静到一定程度,才能看到那个特定的景观,不是所有的人都会看到桂花坠落的。"夜静春山空",一方面是指的自然的景象空,另一方面指的是我的心放空了。"月出惊山鸟,时鸣春涧中。"我一直认为这是最为完美的,把一种景象和一个人的心统一在一起,在领悟的一瞬间,就如月亮升起在天空。那被惊动的山鸟就好像内心世界的一刹那的领悟,鸟声在春涧里的荡漾,就好像内心的领悟充斥着你的全身。后人评价王维的诗别有一番禅趣:人、自然和禅景,合而为一。在这个夜晚发生了很多事情,只需要安静下来,放空自己,什么都可以听到。(康震)

苹婆山鸟图册页
宋代,黄筌,绢本设色,台北"故宫博物院"藏。

忆王孙·春词
【宋】李重元

萋萋芳草忆王孙。
柳外楼高空断魂。
杜宇声声不忍闻。
欲黄昏,雨打梨花深闭门。

第一个写"雨打梨花深闭门"的人

中国古代常常借用前人的诗句,你看一首诗的时候,感觉繁花似锦,好多好多意象又重新到自己的脑子里了。其实唐寅借助的恰恰是李重元的"雨打梨花深闭门",所以要找到源头,这是第一个写"雨打梨花深闭门"的人。(蒙曼)

破阵子·为陈同甫赋壮词以寄之
【宋】辛弃疾

醉里挑灯看剑,梦回吹角连营。
八百里分麾下炙,五十弦翻塞外声。
沙场秋点兵。
马作的卢飞快,弓如霹雳弦惊。
了却君王天下事,赢得生前身后名。
可怜白发生!

潜气内转,发愤为词

"马作的卢飞快,弓如霹雳弦惊",辛弃疾的词真好,也难怪毛泽东喜欢。"醉里挑灯看剑",既有豪情,内心又有万丈失落。喝醉了,把灯挑起来,把自己放了十年的宝剑拿出来看,一边看,一边叹息。他自己还说:"却将万字平戎策,换得东家种树书。"现在这剑有何用,就像歌中唱的"我要这铁棒有何用?"宝剑没有用,抗金方略也没有用,拿这书跟人家种树的书换了。怀才不遇,"赢得生前身后名,可怜白发生",头发白了一大半,只能做个田舍翁。辛弃疾的词的确是潜气内转,发愤为词,但不改英雄气魄,历来的英雄都喜欢他的词。(康震)

蝶恋花·伫倚危楼风细细
【宋】柳永

伫倚危楼风细细,望极春愁,黯黯生天际。草色烟光残照里,无言谁会凭阑意?
拟把疏狂图一醉,对酒当歌,强乐还无味。衣带渐宽终不悔,为伊消得人憔悴。

人生的第二级境界

中国古代,有两个节日是纪念死去的诗人,一个是纪念屈原,大家都知道是端午节。在宋朝还有一个节日纪念柳永叫吊柳七,是跟清明节并到一起的。当然祭奠柳永的人和祭奠屈原的人不太一样,祭奠屈原是全民性的祭奠,祭奠柳永是以歌儿舞女为多。妓人来吊柳永,说朝廷爱才不如妓女爱才,这也是当时的一个笑话。柳永的词应该有一个正确的评价,他对中国词的发展意义往往被低估。词在他

之前以小令为主，但他发展慢词，婉约派到这儿呈现出一种新的境界，这就是慢词的发展。

市民生活，其实更早的时候，像晏殊这些人还是在讲士大夫的生活，趣味也是士大夫的趣味。但到柳永这儿，市井生活进入了他的法眼。他一辈子大多时间都在民间生活，把很多日常民语加到词里了。当然这首词本身没有我们说的这些特点，因为"蝶恋花"不是慢词，也不反映市民生活，也没有俚语在里面。但是，这首词是王国维先生所谓人生三级境界中的第二级境界，第一级是"独上高楼，望尽天涯路"；第二级就是"衣带渐宽终不悔，为伊消得人憔悴"；第三级，"众里寻他千百度，蓦然回首，那人却在，灯火阑珊处。"（蒙曼）

秋浦歌十七首（其十五）

【唐】李白

白发三千丈，缘愁似个长。
不知明镜里，何处得秋霜。

英雄的千古浩叹

秋浦在安徽贵池，李白对安徽情有独钟，喜欢去皖南，主要是因为谢朓。"解道澄江静如练，令人长忆谢玄晖"，他特别喜欢谢朓的诗。"清水出芙蓉，天然去雕饰"，本来写的是他人风格的诗，但实际上既说的是李白自己，也说的是谢朓的风格。他在安徽写"弃我去者，昨日之日不可留"，写谢朓楼这样的风光是酣畅淋漓；在秋浦又

高士图卷（局部）
五代，卫贤，绢本设色，北京故宫博物院藏。

感慨岁月的流逝,"白发三千丈,缘愁似个长"。我们经常说诗人的创作得江山之助,到了一个特定的境遇里,看见眼前的美景,看到秋浦的景象,想到自己老大尚且无为,所以感慨白发有三千丈。李白写诗,无论在长度上、空间上、容量上、岁月上,都达到了一种极限。这种极限性的表达,实际上反映了他对个人和未来的最大期待,也意味着由于期待而不得,陷入一种空前巨大的失落。一个伟大的诗人,有伟大的理想,如果理想不能实现,也必然有非常伟大的忧叹。(康震)

这首诗有属于李白个人的一面,是英雄的千古浩叹,但实际上也有其现实性。李白对秋浦写诗非常多,前后加起来有40多首。为什么他这时候愁?其中有人生的愁,生命的愁,历史的愁。但当时有件很现实的事情:天宝十三载,马上就要安史之乱了,他的政治敏感性是有的。在天宝十二载、十三载时,李白有很多诗在讲愁,这个国家他感觉不正常,他感觉到河北有问题,但他没办法解决,可能也是那一代人都没办法解决的。但是也有一些很现实的落脚点,使得一贯有现实关怀、想当宰相而不得的诗人,内外有一种交汇感,交汇成了"白发三千丈,缘愁似个长"。《秋浦歌》大家现在知道的不是特别多,但这首诗之所以留传下来,就是因为它比较契合时代,它的沉重感和豪放感非常有机地结合在一起。(蒙曼)

仕女簪花图轴(局部)
清代,金廷标,绢本设色,北京故宫博物院藏。

琵琶行
【唐】白居易

浔阳江头夜送客,枫叶荻花秋瑟瑟。
主人下马客在船,举酒欲饮无管弦。
醉不成欢惨将别,别时茫茫江浸月。
忽闻水上琵琶声,主人忘归客不发。
寻声暗问弹者谁?琵琶声停欲语迟。
移船相近邀相见,添酒回灯重开宴。
千呼万唤始出来,犹抱琵琶半遮面。
转轴拨弦三两声,未成曲调先有情。
弦弦掩抑声声思,似诉平生不得志。

低眉信手续续弹，说尽心中无限事。
轻拢慢捻抹复挑，初为霓裳后六幺。
大弦嘈嘈如急雨，小弦切切如私语。
嘈嘈切切错杂弹，大珠小珠落玉盘。
间关莺语花底滑，幽咽泉流冰下难。
冰泉冷涩弦凝绝，凝绝不通声渐歇。
别有幽愁暗恨生，此时无声胜有声。
银瓶乍破水浆迸，铁骑突出刀枪鸣。
曲终收拨当心画，四弦一声如裂帛。
东船西舫悄无言，唯见江心秋月白。
沉吟放拨插弦中，整顿衣裳起敛容。
自言本是京城女，家在虾蟆陵下住。
十三学得琵琶成，名属教坊第一部。
曲罢曾教善才服，妆成每被秋娘妒。
五陵年少争缠头，一曲红绡不知数。
钿头银篦击节碎，血色罗裙翻酒污。
今年欢笑复明年，秋月春风等闲度。
弟走从军阿姨死，暮去朝来颜色故。
门前冷落鞍马稀，老大嫁作商人妇。
商人重利轻别离，前月浮梁买茶去。
去来江口守空船，绕船月明江水寒。
夜深忽梦少年事，梦啼妆泪红阑干。
我闻琵琶已叹息，又闻此语重唧唧。
同是天涯沦落人，相逢何必曾相识！
我从去年辞帝京，谪居卧病浔阳城。
浔阳地僻无音乐，终岁不闻丝竹声。
住近湓江地低湿，黄芦苦竹绕宅生。
其间旦暮闻何物？杜鹃啼血猿哀鸣。
春江花朝秋月夜，往往取酒还独倾。
岂无山歌与村笛？呕哑嘲哳难为听。
今夜闻君琵琶语，如听仙乐耳暂明。
莫辞更坐弹一曲，为君翻作琵琶行。
感我此言良久立，却坐促弦弦转急。
凄凄不似向前声，满座重闻皆掩泣。
座中泣下谁最多？江州司马青衫湿。

有生命力的事物在民间

这个"愁"是暗暗地在心底滋生的感觉。（董卿）

《琵琶行》里面最核心的是音乐描写，是"同是天涯沦落人，相逢何必曾相识"。白居易写"梨花一枝春带雨"时，当时30岁。这首诗是十年以后写的，40岁的白居易依然显示出了非常优异的艺术创作力。一个人的艺术创作力究竟能维持多长时间？白居易回答了这个问题。30岁的时候，他还只是长安郊县的一个小官，和朋友游了一趟仙游寺，想起当年天宝往事，写了《长恨歌》。写得非常好！"后宫佳丽三千人，三千宠爱在一身"，"回眸一笑百媚生"，这诗一出来，立刻轰动天下。十年以后，到了江州，遇见了一个商人妇，听了一曲琵琶曲，立刻引发了艺术天才无边的想象。仅仅是这一段音乐描写，一会儿急一会儿缓，一会儿疏一会儿密，一会儿高一会儿低，间关错综，反映的是诗人极为复杂的内心世界。他是江州司马，这个女性是歌女出身，双方地位差距很大，仅仅一曲琵琶曲，他就说"同是天涯沦落人，相逢何必曾相识"。对于底层民众的心态认同,说明白居易是非常伟大的,能够俯下身来与对方平视,交换内心。《琵琶行》不愧是千古佳作,备受推崇,应该反复咏叹,方得其中真味。

(康震)

白居易是中唐人,与好友元稹开始把眼光投向世俗生活一样,他们都在向世俗文学致敬,向世俗生活致敬,向俗乐致敬。琵琶是俗乐的首领,琴是雅乐的首领。古人说,这个人是剑胆琴心,他不能说是剑胆琵琶心。江州司马到这个地方,听见俗人宴俗乐,有俗世的哀愁,他有感于心,写了《琵琶行》。其实《琵琶行》在当时也是世俗文学,白居易在选自己诗集的时候,常常对这种文章还有点不好意思,因为他说有"风情",包括《琵琶行》也都是属于"风情"类的。可是后来历史恰恰选择了这些当时可能被认为难登大雅之堂的文章。所以说很多东西,美好的东西,有创造力的东西,有生命力的东西,都产生在民间,在生活之中。(蒙曼)

菩萨蛮·黄鹤楼

【现代】毛泽东

茫茫九派流中国,沉沉一线穿南北。烟雨莽苍苍,龟蛇锁大江。

黄鹤知何去?剩有游人处。把酒酹滔滔,心潮逐浪高!

气派山河一线天

这首诗,特别有气派,开始就讲"茫茫九派流中国,沉沉一线穿南北"。这是一个大十字:"茫茫九派流中国",长江是自西向东流,整个切割了中国,呈东西一条线;而"沉沉一线穿南北",是京汉铁路加粤汉铁路,呈南北一条线,交叉形成中国的一个大十字。武汉就在这个十字的节点上,到了武汉,就是走到了中国的大十字点。这时,中国也走在了十字路口,面临着往何处去的问题。这是1927年写的诗,正值大革命失败,中国向何处去?包括中国共产党向何处去?都很迷茫。"烟雨莽苍苍,龟蛇锁大江",这是一个云罩雾锁的时代。此刻,词人想到了什么?"黄鹤知何去?剩有游人处。"在武汉,自然想到了黄鹤楼,他也登黄鹤楼了,可是这个事情仙人能不能指点?仙人是指点不了的。但是谁能够左右中国的命运?"把酒酹滔滔,心潮逐浪高",这是词人自己,和那些志士,他们想要在这个十字路口找出一条路来。我一直是这样理解这首词的。所以说一开始就是一个十字,是一个中国命运的节点,后来找到了方向,这是一首了不起的词作。(蒙曼)

毛泽东的诗词可以看作是中国革命史的一个诗词记录。在1925年他写出了"独立寒秋,湘江北去","中流击水,浪遏飞舟"。实际上,毛泽东在中国革命历史发展的每一个重大

关口，在每一个最重大的历史关头，都有诗词留下来。这些诗词有对当时历史现状的或困惑、或彷徨、或迷茫、或奋进的描述。一个最大的特点是，他作为诗词创作的主体，对于形势的判断和对自己的期许始终是非常主动和积极的，这点是最为难得的。（康震）

长歌行
【汉】佚名

青青园中葵，朝露待日晞。
阳春布德泽，万物生光辉。
常恐秋节至，焜黄华叶衰。
百川东到海，何时复西归？
少壮不努力，老大徒伤悲！

生命中最质朴的真理

中国古代的文人五言诗是汉代发起的。《长歌行》这首诗从唐代的五言诗的发展往回看，显得质朴甚至有些稚嫩。但是在汉代特别是东汉末年，这些诗歌普遍有一个主题，就是对人生苦短、人的生命、时光的流逝的特别关注。"少壮不努力，老大徒伤悲"，是我们现在的民间俗语。老百姓说这句话，没有人会想到这还是以前的一首诗，大家以为是一句俗语，但它是非常早的一首文人五言诗的诗句。它所关注的话题，即便到了两千年以后的现在，我们依然也在关注。那些最质朴的真理，那些最天真的表达，那些看似最为简单的结构，恰恰我们是最为享受的，也恰恰能够成为我们心中最为丰厚的资源，《长歌行》就是这样一首诗。（康震）

卜算子·咏梅
【现代】毛泽东

风雨送春归，飞雪迎春到。已是悬崖百丈冰，犹有花枝俏。
俏也不争春，只把春来报。待到山花烂漫时，她在丛中笑。

傲骨寒春

毛泽东这首《咏梅》，我特别喜欢。经常就看这首词，我在想这词怎么写出来的呢？一般古代文人说梅花，特别是黄昏的梅花，都是非常悲惨的。可是毛泽东的这首词，"风雨送春归，飞雪迎春到"。春天是在什么情况下来到的呢？是在最艰难的情况下来到的，在最恶劣的环境当中来到的，所以是最坚强的春天。这样的意境和立意是古人所不能及的。"已是悬崖百丈冰"，不仅是有风雪和风雨，而且还有"悬崖百丈冰"，但是"犹有花枝俏"。越艰难，绽放得越美丽。陆游的词流露出孤芳自赏，还有点酸葡萄的感觉，不愿意"零落成泥碾作尘"，"只有香如故"。

毛泽东这首词鲜明地指出我不是来跟你争宠，"俏也不争春"，我的使命是把春来报,我是报春的梅花,不是争春的梅花。"待到山花烂漫时",等到漫山遍野的花都开遍的时候,"她在丛中笑",只是从容地笑看这一切。我们感觉到了一种雍容、大度,俯瞰江山,无限的希望和理想尽在眼中。就像他这首词一样,大气磅礴,虽是写一枝梅,但是陆游的梅和其他文人的梅,在他面前就是小小的梅花,而这朵梅花真正堪称是"王者之梅"。(康震)

身份不同,心境不同。陆游的梅是寒士之梅,毛主席的梅是战士之梅。首先他是一个战士,然后才可能是一个王者。他在战斗当中成长起来,并且拥有了这样的心胸和气象,是这样一枝独特的梅花。实际上中国古代讲"梅兰竹菊"四君子,应该有非常丰富的品格。我想这两种品格对于完整的诗意也好,对于完整的人生也好,都是非常重要的。这两种品质就是:做寒士的时候是有"零落成泥碾作尘,只有香如故"的品质,做战士的时候有"已是悬崖百丈冰,犹有花枝俏"的傲骨。二者交融,就是一枝了不起的能够代表中国形象的梅花。(蒙曼)

江城子·密州出猎
【宋】苏轼

老夫聊发少年狂,左牵黄,右擎苍,锦帽貂裘,千骑卷平冈。为报倾城随太守,亲射虎,看孙郎。

酒酣胸胆尚开张,鬓微霜,又何妨!持节云中,何日遣冯唐?会挽雕弓如满月,西北望,射天狼。

江东英雄

一门父子都是英雄,但这里最大的英雄是孙权。江东英雄大家都拿孙权说事,比方说曹操那句"生子当如孙仲谋",后来辛弃疾也用到了,然后苏轼也讲"亲射虎,看孙郎"。在汉末、三国时期,英雄还是能文能武的。孙权就是一个能打仗的人,能够下马搏杀猛虎。但是后来南方发展到南朝时,世人看见马嘶叫跳跃,感到震惊害怕,居然把马认作老虎。汉末、三国时期,北方、南方都有英雄,北方曹操是英雄,西南蜀汉刘备是英雄,东南一带孙权是英雄,这是一个英雄辈出的年代。这个年代,激励了好多后来人,特别是激励了后来那些定都南方的朝廷,大家都在追逐这一带的英雄。尤其在后来偏安的朝代里,或者有点偏南的朝代里,孙权的形象就显得越来越突出。(蒙曼)

这首词也是苏轼第一首豪放词。因为后人说他写的是豪放词,但是以"豪放"这个词,其实很难概括苏轼这一类题材的创作。但不管怎么样,就像苏轼自己在写了这首词后,写信给朋友说,"近却颇作小词,虽无柳七郎风味,亦是一家。"他没说豪放派,但大家读了都知道,这不是词的主流,因为主流是"寻寻觅觅,冷冷清清,

凄凄惨惨戚戚"的婉约。这首词中，从它讲述的人生感觉而言，可以说是他的第一首豪放派的词。（康震）

无 题
【汉】佚名

吴王好剑客，百姓多疮瘢。
楚王好细腰，宫中多饿死。

上有所好，下必甚焉

楚国峨冠博带，大臣也减肥，一天吃一顿饭，扶着墙走，他们还束腰，跟中世纪的欧洲女性一样。战国时，秦楚是两个大国，楚的地盘比秦大，楚的战士也多，但这两国气派不一样，秦国有粗声大嗓、击缶而歌的人，楚国"楚王好细腰，宫中多饿死"。《孟子·滕文公上》："上有好者，下必有甚焉者矣。"春秋的时候为什么百家争鸣？其实这些士都想找到仁主，能够赏识自己。这些主喜欢什么，士可能就会投其所好。因为主的喜好太不同了，所以才会百家争鸣，这也是百家争鸣何以在那个时代兴起的一种说法，而且它还是很重要的一种说法。
（蒙曼）

松轩春霭图轴
元代，张羽，纸本设色，美国纽约大都会艺术博物馆藏。

风
【唐】李峤

解落三秋叶，能开二月花。

过江千尺浪，入竹万竿斜。

习诗的范本

李峤大部分诗的题目就一个字，比如风、雾、雪、雨和电。这是咏物诗，而且是五言律诗。李峤是初唐人。初唐的时候五言诗刚刚开始定型，这个诗该怎么写，其实很多人都想学习。李峤并不是一个像李白、杜甫、白居易这种诗才特别高的人，但李峤有一个绝活，他专用五言律诗来描摹各种自然现象和日常事物，写的这种诗有一百多首。这些诗是非常规范、严整的五言诗，而且在描写的技巧上也很值得学习，都是咏物的题材。这些诗写好之后，大家都能看懂。"解落三秋叶，能开二月花。过江千尺浪，入竹万竿斜"，任何人都能学习他的诗歌创作，就像我们写了一篇范文，写了一幅字帖。所以，李峤的诗在当时很流行，很多想要学诗的人，甚至很多想要参加科举考试的人，都学习他的诗。在某种程度上，李峤的诗成为初唐乃至后来盛唐很多学习诗歌的人学习的范本。（康震）

我们看刚才这两句，"解落三秋叶，能开二月花"，不能够完全领会是在写风，也可以是雨把叶子打掉、让花开，关键还得后两句"过江千尺浪，入竹万竿斜"，风向江面吹过来的时候，浪就起来了，到竹林的时候，把竹子都吹斜了。"解落"对"能开"，"三秋叶"对"二月花"，"千尺浪"对"万竿斜"。这首诗对仗工整，韵律协调，但就是没有情，没有情的诗就永远不是好诗，所以它只能够做儿童课本用，或者做猜谜用。（蒙曼）

登飞来峰
【宋】王安石

飞来山上千寻塔，闻说鸡鸣见日升。
不畏浮云遮望眼，自缘身在最高层。

变法战士

这是战士的精神。"不畏浮云遮望眼，自缘身在最高层"，浮云遮不住战士，因为他已经"会当凌绝顶"。这时候他不怕的浮云，后来他依旧不怕。王安石后来说"三不足"，"天变不足畏，祖宗不足法，人言不足恤。"变法可能是需要这样一种精气神，无所畏惧，坚持自己的主张。有战士精神是对的，但是王安石自己的问题在哪儿？他有傲慢之处，太相信自己，觉得自己什么都对，但是他太不考虑其他了。他自己是一个君子，但是这个社会不仅有君子，还有小人。比如他推广那些法条，如果这个社会全是像王安石这样的人，这些法令就都没错，变法可以取得好的效果。但是，在真正推行变法的时候，形形色色的人太复杂，而法条自身太简单，有好多人去钻空子，让变法推行得天怒人怨。不仅反对派不喜欢，他真正想帮助的那些小民百姓也不喜欢。所以说诗人也罢，政治人物也罢，关键是一个度的问题。王安石在战士和政治家之间没有找好这个度，但是从这首诗来讲，还是相当有激励作用，尤其是少年，读起这首诗，会觉得非常精彩。（蒙曼）

王安石是一个很敢写诗的人。实际上，在宋代，像李白、白居易那样写诗敢言的人比较少。白居易写《长恨歌》，公开地说"汉皇重色思倾国"，宋代人不会这样写诗。王安石是比较敢写的，胆子比较大。司马光就说过，王安石要不是搞变法，这么博学的一个君子，朋友会很多，正是因为搞变法，王安石一个朋友都没有。其实他所做的事情，没有一样是因为私心。凡事要有个法度，特别是像变法，要在协同与和谐当中往前推进，不能一意孤行。但是，凡是中国历史上的改革家，不管他的成败，他的精神都是值得赞许的，王安石是一个永远值得我们尊重的人。（康震）

闻官军收河南河北
【唐】杜甫

剑外忽传收蓟北，初闻涕泪满衣裳。
却看妻子愁何在，漫卷诗书喜欲狂。
白日放歌须纵酒，青春作伴好还乡。
即从巴峡穿巫峡，便下襄阳向洛阳。

枯木幽篁图轴
元代，倪瓒，纸本墨笔，北京故宫博物院藏。

高士观眺图（局部）
元代，孙君泽，绢本浅设色，日本东京国立博物馆藏。

杜甫的快诗

　　这首诗被认为是杜甫平生第一首"快诗",是很快乐的一首诗。当时他在成都,听到唐朝的官军从安史叛军的手里收复了河北,非常兴奋。"却看妻子愁何在",他高兴得发狂,想到的第一个念头是马上就要回去。所以,他非常巧妙地把若干地名都镶在了诗中,这也是一种功夫。"即从巴峡穿巫峡,便下襄阳向洛阳",以前李白写诗的时候,也曾经把地名镶嵌进去,这既显示了作者一种快马加鞭想要回家的心情,也展示了作者的视角。杜甫写诗,尤其写这样的快诗,确实不多。他一生悲愁多于快乐,能有的快乐也跟国家大事有关。(康震)

短歌行

【汉】曹操

对酒当歌,人生几何?
譬如朝露,去日苦多。
慨当以慷,忧思难忘。
何以解忧?唯有杜康。
青青子衿,悠悠我心。
但为君故,沉吟至今。
呦呦鹿鸣,食野之苹。
我有嘉宾,鼓瑟吹笙。
明明如月,何时可掇?
忧从中来,不可断绝。
越陌度阡,枉用相存。

千岩竞秀轴
明代,文徵明,纸本设色,台北"故宫博物院"藏。

契阔谈宴，心念旧恩。
月明星稀，乌鹊南飞。
绕树三匝，何枝可依？
山不厌高，海不厌深。
周公吐哺，天下归心。

最早的家训

这首诗谈到了中国最早的家训。我们现在经常说，要建立良好家风家训，而真正能称得上中国第一条家训的就是"周公吐哺"。《史记》记载，周公教育他的儿子怎么样到属地去做王。他说，你看我以前是天子的弟弟，现在是天子的叔叔，当然更早的时候我还是天子的儿子，我这身份很高贵，但你看我怎么样处理周围的事物：我吃一次饭，三次把东西吐出来，只要有士来见我，我一定去跟他们交谈心中的想法。因为有这样的态度，所以天下人才能归心于我，我才能够把天下治理得这么好。你威望不及我，你的能力可能也不及我，而你现在要到属地去做王了，就应该向我学习。这是"周公吐哺，天下归心"的一个最早的来历。曹操看到天下是"月明星稀"，那谁应该是那个让士可以依托的明主呢？他说，我自己就是"山不厌高，海不厌深。周公吐哺，天下归心"，我愿意承担起政治的责任、天下的责任，所以这也是曹操非常了不起的地方，有着一份大情怀。（蒙曼）

我觉得像《短歌行》这样的诗，你去分析它，还不如去读它。"对酒当歌，人生几何？譬如朝露，去日苦多。慨当以慷，忧思难忘。何以解忧？惟有杜康。"就是非常深沉的生命的沉思，也是非常远大的政治抱负，两者如此完美地结合在一个人身上，真是亘古罕见，所以毛泽东非常钦佩曹操，"魏武挥鞭，东临碣石有遗篇。"他身上不仅有政治家、军事家、谋略家的大略，还在忧患国家能否长治久安。在我们的电视荧屏上，曹操很严肃，但实际上他是一个非常有性情的人。年轻的时候他跟袁绍干过不少荒唐事。他跟朋友一起吃饭，放声大笑时脸栽到菜盆里。喜悦时欢欣鼓舞，严肃时面若冰霜，决断的时候当机立断，所以说他是一个性情极为丰富的人。只有这样的人，才能写出《短歌行》，才能成为诗歌史上非常杰出的诗人。（康震）

诗词不厌百回读，熟读深思子自知

金陵五题·乌衣巷
【唐】刘禹锡

朱雀桥边野草花，乌衣巷口夕阳斜。
旧时王谢堂前燕，飞入寻常百姓家。

清　明
【唐】杜牧

清明时节雨纷纷，路上行人欲断魂。
借问酒家何处有，牧童遥指杏花村。

题李凝幽居
【唐】贾岛

闲居少邻并，草径入荒园。
鸟宿池边树，僧敲月下门。
过桥分野色，移石动云根。
暂去还来此，幽期不负言。

题破山寺后禅院
【唐】常建

清晨入古寺，初日照高林。
曲径通幽处，禅房花木深。
山光悦鸟性，潭影空人心。
万籁此俱寂，但余钟磬音。

春游晚归图（局部）
宋代，佚名，绢本设色，台北"故宫博物院"藏。

游园不值
【宋】叶绍翁
应怜屐齿印苍苔,小扣柴扉久不开。
春色满园关不住,一枝红杏出墙来。

咏怀古迹五首(其三)
【唐】杜甫
群山万壑赴荆门,生长明妃尚有村。
一去紫台连朔漠,独留青冢向黄昏。
画图省识春风面,环珮空归月夜魂。
千载琵琶作胡语,分明怨恨曲中论。

暮江吟
【唐】白居易
一道残阳铺水中,半江瑟瑟半江红。
可怜九月初三夜,露似真珠月似弓。

望月有感
【唐】白居易
时难年荒世业空,弟兄羁旅各西东。
田园寥落干戈后,骨肉流离道路中。
吊影分为千里雁,辞根散作九秋蓬。
共看明月应垂泪,一夜乡心五处同。

长恨歌(节选)
【唐】白居易
君臣相顾尽沾衣,东望都门信马归。
归来池苑皆依旧,太液芙蓉未央柳。
芙蓉如面柳如眉,对此如何不泪垂。
春风桃李花开日,秋雨梧桐叶落时。
西宫南内多秋草,落叶满阶红不扫。
梨园弟子白发新,椒房阿监青娥老。
夕殿萤飞思悄然,孤灯挑尽未成眠。
迟迟钟鼓初长夜,耿耿星河欲曙天。
鸳鸯瓦冷霜华重,翡翠衾寒谁与共。
悠悠生死别经年,魂魄不曾来入梦。
临邛道士鸿都客,能以精诚致魂魄。
为感君王辗转思,遂教方士殷勤觅。
排空驭气奔如电,升天入地求之遍。
上穷碧落下黄泉,两处茫茫皆不见。
忽闻海上有仙山,山在虚无缥渺间。
楼阁玲珑五云起,其中绰约多仙子。
中有一人字太真,雪肤花貌参差是。
金阙西厢叩玉扃,转教小玉报双成。
闻道汉家天子使,九华帐里梦魂惊。
揽衣推枕起徘徊,珠箔银屏迤逦开。
云鬓半偏新睡觉,花冠不整下堂来。
风吹仙袂飘飘举,犹似霓裳羽衣舞。
玉容寂寞泪阑干,梨花一枝春带雨。
含情凝睇谢君王,一别音容两渺茫。
昭阳殿里恩爱绝,蓬莱宫中日月长。
回头下望人寰处,不见长安见尘雾。
惟将旧物表深情,钿合金钗寄将去。
钗留一股合一扇,钗擘黄金合分钿。
但教心似金钿坚,天上人间会相见。
临别殷勤重寄词,词中有誓两心知。
七月七日长生殿,夜半无人私语时。
在天愿作比翼鸟,在地愿为连理枝。
天长地久有时尽,此恨绵绵无绝期。

第四场

东临碣石，以观沧海[1]

古人说"诗言志、歌永言"①，所以"东临碣石"的曹操必定是心怀家国、志在天下。即便在今天，我们依然能够通过诗句感受到一千八百年前曹操的笃定和从容。

这是一首英雄的诗，临茫茫沧海，念天地悠悠，希望所有的朋友都能从诗词当中感受到力量、寻找到方向。

——董卿（《中国诗词大会》主持人）

① 出自《尚书·舜典》。《诗·大序》曰：诗者，志之所之也。在心为志，发言为诗，情动于中而形于言。言之不足，故嗟叹之。嗟叹之不足，故永歌之。永歌之不足，不知手之舞之足之蹈之也。情发于声；声成文，谓之音。

---

1 《观沧海》 【汉】曹操
东临碣石，以观沧海。水何澹澹，山岛竦峙。树木丛生，百草丰茂。秋风萧瑟，洪波涌起。日月之行，若出其中；星汉灿烂，若出其里。幸甚至哉，歌以咏志。

② **满江红·写怀**
【宋】岳飞

怒发冲冠，凭栏处、潇潇雨歇。抬望眼，仰天长啸，壮怀激烈。三十功名尘与土，八千里路云和月。莫等闲、白了少年头，空悲切。

靖康耻，犹未雪。臣子恨，何时灭？驾长车，踏破贺兰山缺。壮志饥餐胡虏肉，笑谈渴饮匈奴血。待从头、收拾旧山河，朝天阙。

　　刚才董卿老师念了曹操的诗句，我念一首跟英雄有关的诗词："怒发冲冠，凭栏处、潇潇雨歇。抬望眼，仰天长啸，壮怀激烈。三十功名尘与土，八千里路云和月。"②在中华民族遭遇入侵的时候，我们有抗战的英雄；在当今和平的年代里，我们有文化的英雄；在我们《中国诗词大会》上，我们有来自全国各地的诗词英雄。我们这是一次盛欢的大会，也是一次英雄的大会。

　　　　——康震（北京师范大学文学院教授、博士生导师）

③ **白马篇**
【魏】曹植

白马饰金羁，连翩西北驰。
借问谁家子，幽并游侠儿。
少小去乡邑，扬声沙漠垂。
宿昔秉良弓，楛矢何参差。
控弦破左的，右发摧月支。
仰手接飞猱，俯身散马蹄。
狡捷过猴猿，勇剽若豹螭。
边城多警急，虏骑数迁移。
羽檄从北来，厉马登高堤。
长驱蹈匈奴，左顾凌鲜卑。
弃身锋刃端，性命安可怀？
父母且不顾，何言子与妻！
名编壮士籍，不得中顾私。
捐躯赴国难，视死忽如归！

　　我们知道曹操是建安文学的开创者，和其子曹丕、曹植号称"三曹"。那么，我念一下"三曹"之一的曹植的诗歌。曹植是一个非常有名的诗人，有一篇非常有名的诗叫《白马篇》，结尾两句是："捐躯赴国难，视死忽如归！"③这两句诗一直激励着后代许许多多的英雄，也激励着诗人写出许多忧国忧民、献身国家的诗篇。

　　　　——王立群（河南大学文学院教授、博士生导师）

诗词之乐何处寻？

个人追逐赛

1号选手

闪帅

上马击狂胡，下马草军书。

观大散关图有感（节选）

【宋】陆游

上马击狂胡，下马草军书。
二十抱此志，五十犹癯儒。
大散陈仓间，山川郁盘纡。
劲气钟义士，可与共壮图。

闪帅： 来自河南郑州，中国戏曲学院研究生，善于戏曲创作，精通中国武术。在"个人追逐赛"环节共答对 1 道题，得分 59 分。

1. 请从以下九个字中识别一句五言唐诗。

天	树	合
底	村	旷
边	绿	野

【分值：59】

2. 请从以下十二个字中识别一句七言宋诗。

生	得	谁	前
后	赢	自	人
古	无	身	死

【分值：15】

3. 请填字。

弦	弦	掩	抑	声	声	思
似		平	生	不	得	志
说	述	诉	叙	言		

【分值: 15】

4. 请对上句。

玉	人	何	处	教	吹	箫
桥	夜	在	二	夜		
明	月	仍	十	四		

【分值: 15】

5. 唐代诗人陈子昂的《登幽州台歌》中的"幽州台"在今天的哪里？（　）

　　A 河北
　　B 天津
　　C 北京

【分值: 15】

6. "吴丝蜀桐张高秋，空山凝云颓不留"中哪一个字是错的？（　）

　　A 张×—长
　　B 高×—蒿
　　C 留×—流

【分值: 15】

7. 唐代白居易《欲与元八卜邻，先有是赠》诗"明月好同三径夜，绿杨宜作两家春"中"三径"是指？（　）

　　A 田间道路
　　B 隐士住处
　　C 三条小路

【分值: 15】

8. 下列哪首诗词所写内容与亲情有关？（　）

　　A 岑参《逢入京使》
　　B 杨万里《晓出净慈寺送林子方》
　　C 王勃《送杜少府之任蜀州》

【分值: 15】

9. 下列诗句，哪一项是正确的？（　）

　　A 迢迢牵牛星，皎皎河汉女。纤纤擢素手，扎扎弄机杼。
　　B 迢迢牵牛星，皎皎河汉女。纤纤擢素手，机扎弄机杼。
　　C 迢迢牵牛星，皎皎河汉女。纤纤擢素手，轧轧弄机杼。

【分值: 15】

计算得分：

选手未答出的题目，统一按15分计算。

2号选手

弋锒

晴空一鹤排云上,便引诗情到碧霄。

秋词二首(其一)

【唐】刘禹锡

自古逢秋悲寂寥,我言秋日胜春朝。
晴空一鹤排云上,便引诗情到碧霄。

弋锒: 来自陕西西安,机房系统工程师,参加诗词大会,是为了给儿子播撒诗词的种子。在"个人追逐赛"环节共答对 4 道题,得分 160 分。

1. 请从以下九个字中识别一句五言唐诗。

云	具	野
低	旷	黑
天	径	树

【分值:39】

2. 请从以下十二个字中识别一句七言宋诗。

万	春	天	树
是	千	落	梨
花	紫	红	总

【分值:34】

3. 请填字。

渭	城	朝	雨		轻	尘
客	舍	青	青	柳	色	新
抑	亦	浥	邑	溢		

【分值：14】

4. 请对上句。

夜	泊	秦	淮	近	酒家
寒	涵	笼	莎	笼	
沙	月	纷	烟	水	

【分值：73】

5. 从《渡荆门送别》"仍怜故乡水，万里送行舟"一联来看，这首诗"送别"的对象应是？（　）

A 李白

B 杜甫

C 故乡水

【分值：15】

6. "间关莺语花底滑，幽噎泉流冰下难"中哪一个字是错的？（　）

A 莺 × — 雁

B 滑 × — 划

C 噎 × — 咽

【分值：15】

7. 范成大诗《送詹道子教授奉祠养亲》中"下马入门怀橘拜，身今却在白云边"的"怀橘"是指什么？（　）

| A 觐见君主 | B 孝顺双亲 | C 拜访恩师 |

【分值：15】

8. 辛弃疾词《沁园春·带湖新居将成》中"意倦须还，身闲贵早，岂为莼羹鲈脍哉"中引用的典故与谁有关？（　）

A 张翰

B 陆机

C 张载

【分值：15】

9. 下列诗句，哪一项是正确的？（　）

A 人生代代无穷已，江月年年望相似。

B 人生代代无穷际，江月年年望相似。

C 人生代代无穷极，江月年年望相似。

【分值：15】

计算得分：

选手未答出的题目，统一按15分计算。

3号选手

武亦姝

唯愿当歌对酒时，月光长照金樽里。

把酒问月（节选）

【唐】李白

白兔捣药秋复春，嫦娥孤栖与谁邻？
今人不见古时月，今月曾经照古人。
古人今人若流水，共看明月皆如此。
唯愿当歌对酒时，月光长照金樽里。

武亦姝： 来自上海，高中生，能背两千首诗词的十六岁学霸。在"个人追逐赛"环节共答对9道题，得分308分。从"个人追逐赛"中胜出，进入第二个环节"飞花令"。

1. 请从以下九个字中识别一句五言唐诗。

山	雨	厚
新	空	风
见	人	不

【分值：47】

2. 请从以下十二个字中识别一句七言宋诗。

红	日	小	样
才	别	花	尖
角	荷	露	映

【分值：87】

3. 请填字。

名	岂	文	章	著
官		老	病	休
因	应	疑	犹	以

【分值：20】

4. 请对上句。

风	雪	夜	归	人
门		虎	犬	入
闻	吠		时	柴

【分值：16】

5. "晴川历历汉阳树，芳草萋萋鹦鹉洲"中的"历历"是什么意思？（　）

　　A 清晰　　　　　B 零落　　　　　C 象声词

【分值：39】

6. "蝉噪林逾静，鸟鸣山更悠"中哪一个字是错的？（　）

　　A 噪×—燥　　　B 逾×—愈　　　C 悠×—幽

【分值：19】

7. 毛泽东"天若有情天亦老，人间正道是沧桑"化用了下列哪一位诗人的诗句？（　）

　　A 李贺
　　B 李商隐
　　C 杜牧

【分值：9】

8. 下列诗句中"可怜"的含义与其它两项不同的是？（　）

　　A 此翁白头真可怜，伊昔红颜美少年。
　　B 借问汉宫谁得似？可怜飞燕倚新妆。
　　C 可怜九月初三夜，露似真珠月似弓。

【分值：55】

9. 下列诗句，哪一项是正确的？（　）

　　A 料峭轻风吹酒醒，微冷，山头斜照却相迎。
　　B 料峭春风吹酒醒，微冷，山头夕照却相迎。
　　C 料峭春风吹酒醒，微冷，山头斜照却相迎。

【分值：16】

计算得分：

4号选手

毕凯
一点浩然气，千里快哉风。

水调歌头·黄州快哉亭赠张偓佺
【宋】苏轼

落日绣帘卷，亭下水连空。知君为我新作，窗户湿青红。长记平山堂上，欹枕江南烟雨，杳杳没孤鸿。认得醉翁语，山色有无中。

一千顷，都镜净，倒碧峰。忽然浪起，掀舞一叶白头翁。堪笑兰台公子，未解庄生天籁，刚道有雌雄。一点浩然气，千里快哉风。

毕凯： 来自山东威海，电力工人，熟读《史记》，诗文典故信手拈来。在"个人追逐赛"环节共答对 5 道题，得分 167 分。

1. 请从以下九个字中识别一句五言唐诗。

月	出	别
惊	鸟	草
林	恨	心

【分值：48】

2. 请从以下十二个字中识别一句七言唐诗。

对	谁	下	人
不	英	手	雄
君	天	打	识

【分值：38】

3. 请填字。

黄	四	娘	家	花	满
千	朵	万	朵	压	枝	低

奚　溪　蹊　哇　西

【分值：25】

4. 请对上句。

| 病 | 树 | 前 | 头 | 万 | 木 | 春 |

帆　泮　千　舟
畔　沉　侧　过

【分值：36】

5. "日照香炉生紫烟，遥看瀑布挂前川"中"香炉"指的是？（　　）

A 焚香用的器具

B 香炉峰

C 香炉殿

【分值：20】

6. 王安石写有诗句"看似寻常最奇崛，成如容易却艰辛"，请问他是在夸赞谁的诗？（　　）

A 李白

B 欧阳修

C 张籍

【分值：15】

7. 下列哪句诗词不是写西湖？（　　）

A 卷地风来忽吹散，望湖楼下水如天。

B 接天莲叶无穷碧，映日荷花别样红。

C 山色湖光并在东，扁舟归去有樵风。

【分值：15】

8. 下列诗句，哪一项是正确的？（　　）

A 曾记否，到中流击水，浪遏飞舟？

B 曾记否，到中流激水，浪遏飞舟？

C 曾记否，到中流辑水，浪遏飞舟？

【分值：15】

9. 下列哪句诗词是作者在夏天所写？（　　）

A 生当作人杰，死亦为鬼雄。　B 日落碧簪外，人行红雨中。　C 试上高楼清入骨，岂如春色嗾人狂。

【分值：15】

计算得分：

选手未答出的题目，统一按 15 分计算。

飞花令

陈思婷 vs 武亦姝

陈思婷

山东德州人，陕西师范大学学生，在"个人追逐赛"答题的百人团中答题准确率最高，耗时最短，进入第二个环节"飞花令"。

陈思婷：春江潮水连海平，海上明**月**共潮生。
武亦姝：明**月**几时有，把酒问青天。
我：＿＿＿＿＿＿＿＿＿＿＿＿＿＿＿＿＿＿＿

陈思婷：不知细叶谁裁出，二**月**春风似剪刀。
武亦姝：人间四**月**芳菲尽，山寺桃花始盛开。
我：＿＿＿＿＿＿＿＿＿＿＿＿＿＿＿＿＿＿＿

陈思婷：春宵一刻值千金，花有清香**月**有阴。
武亦姝：可怜九**月**初三夜，露似真珠**月**似弓。
我：＿＿＿＿＿＿＿＿＿＿＿＿＿＿＿＿＿＿＿

陈思婷：月上柳梢头，人约黄昏后。
武亦姝：停车坐爱枫林晚，霜叶红于二月花。
　我：_____

陈思婷：月下飞天镜，云生结海楼。
武亦姝：七月在野，八月在宇，九月在户，十月蟋蟀入我床下。
　我：_____

陈思婷：九月寒砧催木叶，十年征戍忆辽阳。
武亦姝：凉月如眉挂柳湾，越中山色镜中看。
　我：_____

陈思婷：古人今人若流水，共看明月皆如此。
武亦姝：梦到故园多少路，酒醒南望隔天涯，月明千里照平沙。
　我：_____

擂主争霸赛

武亦姝 VS 陈　更

"飞花令"中获胜者武亦姝进入"擂主争霸赛",作为攻擂者和守擂擂主陈更在最后一个环节中一决高下。每题 1 分,在抢答中武亦姝率先获得 5 分,成为本场擂主。

1. 图片线索题,根据以下沙画及所给的文字猜出一联诗。

				去

2. 图片线索题,根据以下沙画及所给的文字猜出一联诗。

		河		

3. 图片线索题,根据以下沙画及所给的文字猜出一联诗。

			花	

4. 根据线索猜出一位诗人。

   (1) 他出身望族。

   (2) 他在政治上坎坷失意。

   (3) 他最后投水而死。

   (4) 他有名篇《长安古意》。

5. 根据以下线索说出一种文体。

   (1) 它与民歌有一定的关系。

   (2) 它的句式长短不一。

   (3) 它与楚地文化密切相关。

   (4) 屈原是该文体的代表作家。

6. 根据线索猜出一个词调（牌）名。

   (1) 它起源于唐代教坊曲。

   (2) 它得名于一位女子。

   (3) 它与一种花卉同名。

   (4) 用该词调创作的名句有："恰似一江春水向东流。"

7. 下列哪位诗（词）人没有带兵打过仗？（   ）

   A 写"战士军前半死生"的高适。

   B 写"铁马秋风大散关"的陆游。

   C 写"气吞万里如虎"的辛弃疾。

8.下列哪项不是写除夕之夜思念家乡的？（　　）

A 故乡今夜思千里，霜鬓明朝又一年！

B 共看明月应垂泪，一夜乡心五处同。

C 一年将尽夜，万里未归人。

自我评价及答案

个人追逐赛	1		飞花令	接到第　　组	擂主争霸赛	答对　　道题
	2					
	3					
	4					

个人追逐赛答案

1号选手题

1. 答案：绿树村边合。
2. 答案：人生自古谁无死。
3. 答案：诉
4. 答案：二十四桥明月夜。
5. 答案：C
6. 答案：C
7. 答案：B
8. 答案：A
9. 答案：B

2号选手题

1. 答案：野旷天低树。
2. 答案：万紫千红总是春。
3. 答案：浥
4. 答案：烟笼寒水月笼沙。
5. 答案：C
6. 答案：C
7. 答案：B
8. 答案：A
9. 答案：A

3号选手题

1. 答案：空山不见人。
2. 答案：映日荷花别样红。
3. 答案：应
4. 答案：柴门闻犬吠。
5. 答案：A
6. 答案：C
7. 答案：A
8. 答案：A
9. 答案：C

4号选手题

1. 答案：恨别鸟惊心。
2. 答案：天下谁人不识君。
3. 答案：蹊
4. 答案：沉舟侧畔千帆过。
5. 答案：B
6. 答案：C
7. 答案：C
8. 答案：A
9. 答案：A

飞花令诗句参考答案

1. 北风卷地白草折，胡天八月即飞雪。——【唐】岑参《白雪歌送武判官归京》
2. 新年都未有芳华，二月初惊见草芽。——【唐】韩愈《春雪》
3. 烽火连三月，家书抵万金。——【唐】杜甫《春望》
4. 小时不识月，呼作白玉盘。——【唐】李白《古朗月行》
5. 八月秋高风怒号，卷我屋上三重茅。——【唐】杜甫《茅屋为秋风所破歌》
6. 人生得意须尽欢，莫使金樽空对月。——【唐】李白《将进酒》
7. 举头望明月，低头思故乡。——【唐】李白《静夜思》
8. 故人西辞黄鹤楼，烟花三月下扬州。——【唐】李白《黄鹤楼送孟浩然之广陵》
9. 我寄愁心与明月，随风直到夜郎西。——【唐】李白《闻王昌龄左迁龙标遥有此寄》
10. 月下飞天镜，云生结海楼。——【唐】李白《渡荆门送别》
11. 深林人不知，明月来相照。——【唐】王维《竹里馆》
12. 晓镜但愁云鬓改，夜吟应觉月光寒。——【唐】李商隐《无题》
13. 明月别枝惊鹊，清风半夜鸣蝉。——【宋】辛弃疾《西江月·夜行黄沙道中》
14. 从今若许闲乘月，拄杖无时夜叩门。——【宋】陆游《游山西村》
15. 毕竟西湖六月中，风光不与四时同。——【宋】杨万里《晓出净慈寺送林子方》
16. 春风又绿江南岸，明月何时照我还。——【宋】王安石《泊船瓜洲》
17. 料得年年肠断处，明月夜，短松冈。——【宋】苏轼《江城子·乙卯正月二十日夜记梦》
18. 会挽雕弓如满月，西北望，射天狼。——【宋】苏轼《江城子·密州出猎》
19. 人生如梦，一尊还酹江月。——【宋】苏轼《念奴娇·赤壁怀古》
20. 三十功名尘与土，八千里路云和月。——【宋】岳飞《满江红·写怀》

擂主争霸赛答案

1. 答案：松下问童子，言师采药去。
2. 答案：大漠孤烟直，长河落日圆。
3. 答案：接天莲叶无穷碧，映日荷花别样红。
4. 答案：卢照邻
5. 答案：楚辞（或楚辞体，或骚体）。
6. 答案：虞美人
7. 答案：B
8. 答案：B

一语天然万古新 · 嘉宾点评

春 日
【宋】朱熹

胜日寻芳泗水滨，无边光景一时新。
等闲识得东风面，万紫千红总是春。

朱熹的哲思

朱熹是中国著名的理学家。理学家最大的特点之一就是研究性理和哲理，所以理学家写诗往往多是写理。但朱熹非常巧妙地把哲理的内容和感性的形式结合起来。朱熹写的这首诗是很有哲理的，他还有一首诗《观书有感》同样如此。其写道："半亩方塘一鉴开，天光云影共徘徊。问渠那得清如许？为有源头活水来。"这首诗是写读书以后的感想，但朱熹写得非常有道理，人之所以能够不断获得新知，正是因为有源头。而且，朱熹借助了一个非常美好的景物，即以门前的半亩方塘生发了自己的联想，写下这样一首很有趣的诗。因此，在理学家中，能写出像朱熹这样漂亮的哲理诗，把哲理跟自然景物结合得如此

情趣盎然，是极其不容易的。朱熹真正是理学家中的高手。（王立群）

送元二使安西
【唐】王维

渭城朝雨浥轻尘，客舍青青柳色新。
劝君更尽一杯酒，西出阳关无故人。

感情的酒

这首诗是一首非常有名的送别诗。我每读一次，特别是最后两句"劝君更尽一杯酒，西出阳关无故人"，就想起那首非常流行的草原歌曲《鸿雁》的歌词："酒喝干，再斟满，今日不醉不还"。为什么读这首诗会想起来《鸿雁》的歌词呢？我的理解是：这首诗写的是什么？春天早上下了一场雨，道路上也就没有尘土了，此时要送别友人了。临送别之前，有一个经典的动作，就是请友人再喝一杯，"西出阳关无故人"，可能这一别之后老友再也不能相见。但到底是今天早上喝

了一杯酒，还是像《鸿雁》所唱的那样已经喝了一夜呢？我觉得理解成喝了一夜更好，酒喝干就再斟满，今夜不醉不还，喝个通宵。第二天早晨离别前，我再送你一杯酒，喝完这一杯朋友就再难相见，才是"劝君更尽一杯酒，西出阳关无故人"。这样理解的话，这首诗的诗意，送别人和被送之人的情谊更显浓烈饱满。（王立群）

其实这酒是喝不完的，但是比酒更绵长的是两个人之间的感情。（董卿）

渡荆门送别
【唐】李白

渡远荆门外，来从楚国游。
山随平野尽，江入大荒流。
月下飞天镜，云生结海楼。
仍怜故乡水，万里送行舟。

字少情深

这首诗的背景是，李白年轻时出川来到楚地，离开自己的故乡，看到景色非常美。此时，坐在船上的他一方面渴望能够出川实现人生理想，另一方面因为离乡，有一种恋恋不舍之情。他还感到，万里相伴不曾离开的就是这从家乡流过的滚滚江水，所以"仍怜故乡水，万里送行舟"。

（王立群）

一个人的气象，从年轻时候就能看出来。杜甫写送别诗就不会这么写，

紫芝山房图轴
元代，倪瓒，纸本设色，北京故宫博物院藏。

但看李白的诗句，"山随平野尽，江入大荒流"是横，"月下飞天镜，云生结海楼"是纵。这一横一纵，天地之间，你就能感觉到年轻的李白心中怀的是天下。离开故乡固然忧伤，但面对天下，依旧无比豪情。（康震）

这首诗还有一个很大的特点。它前六句写的都是非常美丽的景色，也可以称为"乐景"，后两句是抒情。前六句写景，后两句抒情，并且用乐景反衬悲情。此时的李白尽管希望出去闯出一条人生的道路，但对故乡的思念同样浓厚。"仍怜故乡水，万里送行舟"，虽然只有两句，用字很少，但写情很深，这是这首诗的特点。（王立群）

鹿　柴

【唐】王维

空山不见人，但闻人语响。
返景入深林，复照青苔上。

诗中的动与静

王维写过"空山新雨后"，还有"空山不见人"。"空"最是难写，但王维擅长写。山里好像没人，却总能听见人的声音。这实际上不是在写人的声音，而是衬托空山的空灵和寂寞。忽然"返景入深林，复照青苔上"，一束阳光在那一瞬间又照进了山林之中，让人看到山里有光辉，又听见有人的声音。王维之高，高在哪里？他擅长以动来写静，擅长以无来写有，擅长用光明写山里所隐含的暮霭甚至黑夜。这就是他的巧妙之处。（康震）

我们学习古典诗词，不能就诗论诗。康老师在讲一个非常普遍的诗词现象，就是"以动写静"。他听见了人语声，所以显得这个山更空更静，这是动与静的关系。其实，我们作为学生、作为读者，学习像王维这样的大家的古典诗词时，要把握好很多种关系，比如"动和静"和"情和景"，这都是最常见的关系。"动和静"，有的时候可以以动写静，有的时候可以以静写动。"情和景"有四种关系：一是情和景正面相衬，以正景衬乐情，叫"正衬"；二和三都是情跟景反面相衬，叫"反衬"，一种是用乐景反衬悲情，还有一种是用悲景反衬乐情；四是用悲景写悲情。所以"情与景"的关系是衬托关系，有正衬，有反衬，并且以此带来"乐和悲"的四种关系，这种关系可以在诗词理解中推而广之。理解诗词不光要背诵，而且要会分析，理解才会深刻。（王立群）

旅夜书怀

【唐】杜甫

细草微风岸，危樯独夜舟。
星垂平野阔，月涌大江流。
名岂文章著，官应老病休。
飘飘何所似，天地一沙鸥。

杜甫的老年心境

这是杜甫晚年写的一首诗。他的晚年生活比较凄苦，主要是在成都草堂依靠好朋友严武的资助生活。此时严武的去世，意味着杜甫的生活来源

没有了，他被迫离开成都，然后沿江东下。途中他写下不少诗，都是到达四川忠州一带时写的。这期间杜甫生活艰苦，心情郁闷。诗的前面四句写景很细致，也很美，应当说还属于"乐景"范畴。但是后四句杜甫采用了反讽手法，特别是"名岂文章著，官应老病休"。在杜甫看来，他的名气就是靠着文章支撑起来的，当官也应当是到了年龄以后才病退。实际上却并非如此，他觉得自己像孤苦伶仃的老翁，孤独而又无依无靠。这是这首诗非常重要的一点。一方面对于我们理解杜甫的晚年很有帮助，另外我们在解读它的时候，就要深入理解，诗中写的"景和情"是什么样的景和什么样的情。刚才我讲了四种对应关系，这里就属于乐景反衬悲情，不过这个反衬中，悲情写得很淡。杜甫是用自嘲方式来写"名岂文章著，官应老病休"，表面看起来是没有牢骚，实际上却是一肚子不平，但又无可奈何。没有友人资助，自己又受排挤，这一次出川对杜甫来说非常沉重。我们除了理解杜甫晚年心境外，更重要的是要学会举一反三的读诗方法，理解"情和景"的关系会让我们读诗的境界大大提高。（王立群）

黄鹤楼

【唐】崔颢

昔人已乘黄鹤去，此地空余黄鹤楼。
黄鹤一去不复返，白云千载空悠悠。
晴川历历汉阳树，芳草萋萋鹦鹉洲。
日暮乡关何处是？烟波江上使人愁。

名楼和名作

这首诗非常有名，是所有古代文人写"黄鹤楼"的诗词中最有名的。据记载说，李白看到崔颢这首诗以后，

松鹤延年图
明代，童垲，绢本设色，安徽省博物馆藏。

认为没法再写，因为所有的美好之处都让崔颢写尽了。所以这首诗在某种意义上成就了"黄鹤楼"。像中国古代的名楼，比如"黄鹤楼"是这首《黄鹤楼》成就了它，"滕王阁"是王勃的《滕王阁序》成就了它，"岳阳楼"是范仲淹的《岳阳楼记》成就了它，"鹳雀楼"是王之涣的《登鹳雀楼》成就了它，很多名胜古迹都是名作所成就的。再比如，在湖北的宜昌附近有个很有名的景点叫"三游洞"，因为唐代白居易、元稹、白行简去过一次，这叫"前三游"；到宋代苏轼父子三人又去过一次，这叫"后三游"。本来这个"三游洞"并不出名，由于有了这前后三游，立即名扬天下。所以，在中国的古典文学中有一个非常值得我们关注的现象：某一个地点，因为有了名人名作的歌颂就出名。当然"三游洞"还不能和"黄鹤楼"相比，"黄鹤楼"不仅是因崔颢这首诗，而且地理位置也非常好。很多中国古代名楼和名作的关系值得我们去关注。

(王立群)

七律·人民解放军占领南京
【现代】毛泽东

钟山风雨起苍黄，百万雄师过大江。
虎踞龙盘今胜昔，天翻地覆慨而慷。
宜将剩勇追穷寇，不可沽名学霸王。
天若有情天亦老，人间正道是沧桑。

金铜仙人辞汉歌
【唐】李贺

茂陵刘郎秋风客，夜闻马嘶晓无迹。
画栏桂树悬秋香，三十六宫土花碧。
魏官牵车指千里，东关酸风射眸子。
空将汉月出宫门，忆君清泪如铅水。
衰兰送客咸阳道，天若有情天亦老。
携盘独出月荒凉，渭城已远波声小。

少年英雄

李贺去世的时候，只有27岁，毛泽东对这些年轻才俊的英年早逝感到非常可惜。他读诗词，包括读史书，经常做批注。在毛泽东的批注里经常会出现诸如此类的话："天妒英才短命也"。毛泽东喜欢李贺，一方面因为李贺的诗奇诡明丽，颇有《楚辞》风范；一方面李贺确乎是个少年天才，写了四百多首诗，却不到三十岁就去世。毛主席是个很重感情的人，他认为国家应该有更多的少年天才和少年英雄，而不应该像古代这些少年天才，既不得志，身体又多病，早早亡故，所以毛泽东多喜欢引用李贺、李商隐和李白的诗，而且他写书法的时候特别喜欢写这些少年诗人的诗。作为一个伟大的领袖，他的内心对那些初出茅庐正在成长的人才的渴望，是非常强烈

的。这首诗中,一方面是"三李"的诗多浪漫,另一方面应该看到的是毛泽东的重才,寄寓了他特别的情怀。(康震)

定风波·莫听穿林打叶声
【宋】苏轼

三月七日,沙湖道中遇雨,雨具先去,同行皆狼狈,余独不觉。已而遂晴,故作此。

莫听穿林打叶声,何妨吟啸且徐行。竹杖芒鞋轻胜马,谁怕?一蓑烟雨任平生。

料峭春风吹酒醒,微冷,山头斜照却相迎。回首向来萧瑟处,归去,也无风雨也无晴。

人生旷达处

苏轼真是说不清、道不尽的洒脱,尤其是他在黄州的时候,创作了大量脍炙人口的诗篇。苏轼一生三次遭贬,每一次贬谪经历,不仅没有让他消沉,反而给中国文化史奉献了最辉煌的篇章。像《定风波·莫听穿林打叶声》,前面这篇小序写得尤为好:"三月七日,沙湖道中遇雨,雨具先去,同行皆狼狈,余独不觉。已而遂晴,故作此。"大家都去游玩,遇到大雨,没有带任何雨具,被淋得很狼狈,唯独我并不觉得,还特意写下这首词。在苏轼看来,不要听下雨的声音,就算你走得再快,前面也是在下雨,而且得出很重要的结论"一蓑烟雨任平生"。他认为人

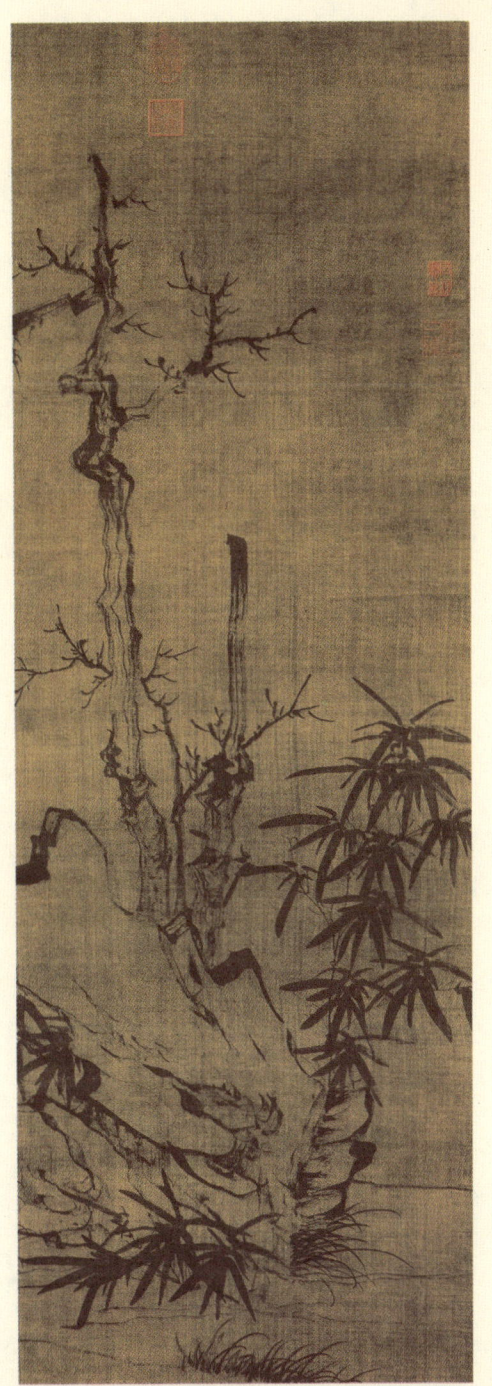

枯木竹石图轴(局部)
元代,赵孟頫,绢本设色,台北"故宫博物院"藏

生在世无非两种天气：晴天和雨天。晴天里我们欢乐，雨天里我们淡定，只有这样人生才能过得非常平和顺遂，才能过得有意义，所以苏轼说"何妨吟啸且徐行""一蓑烟雨任平生"和"回首向来萧瑟处"。这既是告诉别人，也是在告诉自己，既是在劝勉朋友，同时也是在劝勉自己的未来。所以我们说，苏轼对中国文化史贡献甚巨，一方面是因为他的诗词文和政治上的贡献，另一个最大的贡献是遭遇挫折的经验：别人要把你在世界上归零的时候，你永远在你的人生答卷上写上一百分，这是最让我钦佩的地方。（康震）

他是把自然景色和人生风雨并到一起，他写的是自然界的雨，但是在这雨中，苏轼赋予了另一种含义，即人生风雨。雨本来是一种自然现象，但是苏轼加上人生风雨的感情后，这个客观的"象"就和苏轼主观的"意"结合起来，生成了诗词中的"意象"，是主客观的结合体。所以词中的"风雨"，就像刚才康老师解读所说的，不是一般风雨，是人生风雨，它体现了苏轼性格中最重要的两个元素：一个是倔强，一个是旷达。为什么他如此经得住自然界的风雨呢？因为在写这首诗的时候，他已经被贬到黄州三年。三年的磨难中，他仍然表现出傲骨的倔强，对人生挫折的旷达。倔强和旷达一直支撑着他，所以他才认为

"也无风雨也无晴"。（王立群）

别董大二首（其一）
【唐】高适
千里黄云白日曛，北风吹雁雪纷纷。
莫愁前路无知己，天下谁人不识君。

送君千里
夸人没有比这首诗的夸法更妙了。这是高适送给一个朋友的送别诗，送别诗大多是夸夸别人，或者安慰别人，都属于人之常情，但是到这首诗这种程度，可谓登峰造极。（王立群）

唐诗很有意思。王维说："劝君更尽一杯酒，西出阳关无故人。"可是高适说："莫愁前路无知己，天下谁人不识君。"在当时，这就是我们所说的"三观"在交错中前行。有的人是因为朋友要往前走得更远而担心，担心"没有人认识你该怎么办"，但是也有朋友告诉你，走得越远，你的声名就会传得更高更远。在宋代，文学家做大官不稀奇，欧阳修等人都做过，而在盛唐，李白和杜甫诗名很大但没有官名，到中唐才出现白居易等人。高适做过淮南节度使，后来又做到副宰相之位。高适会做官，而且边塞诗跟岑参写得不一样。比如"一川碎石大如斗"，其实写的是政治问题，"千里黄云白日曛"展示他乐趣的一面。王维有牵挂的一面，李白有豪迈洒脱

蓬莱飞雪图页(局部)
唐代,杨升,绢本设色,北京故宫博物院藏

的一面,杜甫有沉甸甸又温厚的一面,诗人们面面不同。(**康震**)

送别诗有很多的写法,有人担心"西出阳关无故人",高适却认为"天下谁人不识君",这和作者的心境、和作者的仕途经历有关。高适的仕途一直很顺遂,还位至高官,所以他觉得分别不需要担心,分别甚至意味着友人可能有更好的前途。(**王立群**)

望庐山瀑布
【唐】李白

日照香炉生紫烟,遥看瀑布挂前川。
飞流直下三千尺,疑是银河落九天。

盛唐范儿

在山顶上设香炉,或因山势形状而比喻成香炉,这是很自然的。李白写庐山叫"黄云万里动风色,白波九道流雪山",气象很大,但这首诗重在飘逸。李白个人身上有种气质,跟别人不一样。比如苏轼,很旷达也很倔强,但身上还有人间烟火气。杜甫更是如此,陆游也一样。而李白的感觉,正如林语堂在《苏东坡传》前序里说的那样,像天上划过的一颗流星。"我欲因之梦吴越,一夜飞度镜湖月。湖月照我影,送我至剡溪。谢公宿处今尚在,渌水荡漾清猿啼。脚著谢公屐,身登青云梯。半壁见海日,空中闻天鸡。千岩万转路不定,迷花倚石

忽已暝。"李白的诗落魄不羁,行侠万里。写山写水,写人写物,写雷写电,都是如此。(**康震**)

李白的诗飘逸仙气,特别擅长夸张。你看"飞流直下三千尺",还有"白发三千丈",他的夸张手法写得非常厉害。即便很简单的吃饭,他也能写成"金樽清酒斗十千,玉盘珍羞直万钱"。谁知道一盘菜或一杯酒值不值一万块?而且他能天天吃那么多吗?但在诗中,他不管吃什么,都说所吃的是顶级的菜,所喝的是最好的酒,所看的是最高的山,所以李白的诗中仙气很重要。(**王立群**)

宣州谢朓楼饯别校书叔云
【唐】李白

弃我去者,昨日之日不可留;
乱我心者,今日之日多烦忧。
长风万里送秋雁,对此可以酣高楼。
蓬莱文章建安骨,中间小谢又清发。
俱怀逸兴壮思飞,欲上青天揽明月。
抽刀断水水更流,举杯销愁愁更愁。
人生在世不称意,明朝散发弄扁舟。

英雄惜英雄

谢朓是位非常有名的诗人。就诗歌创作来说,谢朓是永明体的发起人,而且是山水诗的代表作家,所以李白对谢朓的诗非常佩服。此外清代王士禛在《论诗绝句》中有一首非常重要

的绝句,"青莲才笔九州横,六代淫哇总废声。白纻青山魂魄在,一生低首谢宣城。"李白一生没有几个佩服的人,其中一个就是谢朓,说明谢朓在李白心中地位非常高。所以这首诗中"蓬莱文章建安骨,中间小谢又清发",就是高度赞赏谢朓。(王立群)

　　李白崇拜的人不多,而崇拜他的人很多。这首诗前两句,一般诗人不会这样写诗,但李白写诗如同天马行空,"弃我去者,昨日之日不可留",好多时光弃我而去,今天若干时光让我心怀不安,这种天才的笔触的确是非常人之举。诗歌最后又说,"抽刀断水水更流,举杯销愁愁更愁",像这样的比喻,像这样的夸张,一看就是李白诗,苏轼都不可能有这样的写法。李白在中国诗歌史上是什么地位?过去人常说读李白诗有一种特别的"神",有一种特别的"气",这种"神"和"气",造就了"诗仙"李白。(康震)

诗词不厌百回读，熟读深思子自知

入若耶溪
【南北朝】王籍
艅艎何泛泛，空水共悠悠。
阴霞生远岫，阳景逐回流。
蝉噪林逾静，鸟鸣山更幽。
此地动归念，长年悲倦游。

寄扬州韩绰判官
【唐】杜牧
青山隐隐水迢迢，秋尽江南草未凋。
二十四桥明月夜，玉人何处教吹箫。

琵琶行（节选）
【唐】白居易
转轴拨弦三两声，未成曲调先有情。
弦弦掩抑声声思，似诉平生不得志。
低眉信手续续弹，说尽心中无限事。
轻拢慢捻抹复挑，初为霓裳后六幺。
大弦嘈嘈如急雨，小弦切切如私语。
嘈嘈切切错杂弹，大珠小珠落玉盘。
间关莺语花底滑，幽咽泉流冰下难。
冰泉冷涩弦凝绝，凝绝不通声渐歇。
别有幽愁暗恨生，此时无声胜有声。

山林清趣图（局部）
元代，张观，纸本设色，北京故宫博物院藏。

登幽州台歌
【唐】陈子昂
前不见古人，后不见来者。
念天地之悠悠，独怆然而涕下。

李凭箜篌引
【唐】李贺
吴丝蜀桐张高秋，空山凝云颓不流。
江娥啼竹素女愁，李凭中国弹箜篌。
昆山玉碎凤凰叫，芙蓉泣露香兰笑。
十二门前融冷光，二十三丝动紫皇。
女娲炼石补天处，石破天惊逗秋雨。
梦入神山教神妪，老鱼跳波瘦蛟舞。
吴质不眠倚桂树，露脚斜飞湿寒兔。

题张司业诗
【宋】王安石
苏州司业诗名老，乐府皆言妙入神。
看似寻常最奇崛，成如容易却艰辛。

欲与元八卜邻，先有是赠
【唐】白居易
平生心迹最相亲，欲隐墙东不为身。
明月好同三径夜，绿杨宜作两家春。
每因暂出犹思伴，岂得安居不择邻。
何独终身数相见，子孙长作隔墙人。

迢迢牵牛星
【汉】佚名
迢迢牵牛星，皎皎河汉女。
纤纤擢素手，札札弄机杼。
终日不成章，泣涕零如雨。
河汉清且浅，相去复几许！
盈盈一水间，脉脉不得语。

送詹道子教授奉祠养亲
【宋】范成大
新安学宫天下稀，先生孝友真吾师。
斑衣误作长裾曳，二年思归今得归。
笺词上诉人巨挽，玺书赐可群公叹。
青山百匝不留人，空与诸生遮望眼。
白云孤起越南天，向来恨身无羽翰。
下马入门怀橘拜，身今却在白云边。
鹤发鬖鬖堂上坐，儿孙称觞妇供果。
世间此乐几人同，看我风前孤泪堕。
一杯送舟下水西，我欲赠言无好词。
径须唤起束广微，为君重补南陔诗。

长安古意（节选）
【唐】卢照邻
节物风光不相待，桑田碧海须臾改。
昔时金阶白玉堂，即今惟见青松在。
寂寂寥寥扬子居，年年岁岁一床书。
独有南山桂花发，飞来飞去袭人裾。

沁园春·带湖新居将成
【宋】辛弃疾
三径初成，鹤怨猿惊，稼轩未来。甚云山自许，平生意气；衣冠人笑，抵死尘埃。意倦须还，身闲贵早，岂为莼羹鲈脍哉？秋江上，看惊弦雁避，骇浪船回。

东冈更葺茅斋。好都把轩窗临水开。要小舟行钓，先应种柳；疏篱护竹，莫碍观梅。秋菊堪餐，春兰可佩，留待先生手自栽。沉吟久，怕君恩未许，此意徘徊。

宿建德江
【唐】孟浩然
移舟泊烟渚，日暮客愁新。
野旷天低树，江清月近人。

晓出净慈寺送林子方
【宋】杨万里
毕竟西湖六月中，风光不与四时同。
接天莲叶无穷碧，映日荷花别样红。

代悲白头翁
【唐】刘希夷
洛阳城东桃李花，飞来飞去落谁家？
洛阳女儿惜颜色，坐见落花长叹息。
今年花落颜色改，明年花开复谁在？
已见松柏摧为薪，更闻桑田变成海。
古人无复洛城东，今人还对落花风。
年年岁岁花相似，岁岁年年人不同。
寄言全盛红颜子，应怜半死白头翁。
此翁白头真可怜，伊昔红颜美少年。
公子王孙芳树下，清歌妙舞落花前。
光禄池台文锦绣，将军楼阁画神仙。
一朝卧病无相识，三春行乐在谁边？
宛转蛾眉能几时？须臾鹤发乱如丝。
但看古来歌舞地，惟有黄昏鸟雀悲。

春 望
【唐】杜甫
国破山河在，城春草木深。
感时花溅泪，恨别鸟惊心。
烽火连三月，家书抵万金。
白头搔更短，浑欲不胜簪。

江畔独步寻花七绝句（其六）
【唐】杜甫
黄四娘家花满蹊，千朵万朵压枝低。
留连戏蝶时时舞，自在娇莺恰恰啼。

东湖送朱逸人归
【唐】刘长卿
山色湖光并在东，扁舟归去有樵风。
莫道野人无外事，开田凿井白云中。

夏日绝句
【宋】李清照
生当作人杰，死亦为鬼雄。
至今思项羽，不肯过江东。

寻隐者不遇
【唐】贾岛
松下问童子，言师采药去。
只在此山中，云深不知处。

第五场

儿童相见不相识，笑问客从何处来[1]

乡愁是什么？乡愁是那间回不去的老屋子，乡愁是离家时的那条小路，乡愁是妈妈在风中挥动的手，乡愁是在哪里都改不了的口音。我们因为诗词相聚在一起，也希望《中国诗词大会》能够成为彼此心中的一片故土、一片净土，"吾心安处，便是吾乡。"①

——董卿（《中国诗词大会》主持人）

定风波·常羡人间琢玉郎 ①
【宋】苏轼

王定国歌儿曰柔奴，姓宇文氏，眉目娟丽，善应对，家世住京师。定国南迁归，余问柔："广南风土，应是不好？"柔对曰："此心安处，便是吾乡。"因为缀词云。

常羡人间琢玉郎，天应乞与点酥娘。自作清歌传皓齿，风起，雪飞炎海变清凉。

万里归来年愈少，微笑，笑时犹带岭梅香。试问岭南应不好？却道，此心安处是吾乡。

---

1 《回乡偶书二首》（其一） 【唐】贺知章
少小离家老大回，乡音无改鬓毛衰。儿童相见不相识，笑问客从何处来。

② **月夜忆舍弟**
【唐】杜甫
戍鼓断人行,秋边一雁声。
露从今夜白,月是故乡明。
有弟皆分散,无家问死生。
寄书长不避,况乃未休兵。

今天说到了乡愁,让我想起杜甫的几首诗,其中有几句写道:"戍鼓断人行,秋边一雁声。露从今夜白,月是故乡明。"②我们每个人都有自己的故乡,都有自己的乡愁,也都有值得自己追忆和怀念的地方。我想,对于所有的中国人来说,中国古代诗词就是我们共同的故乡,我们共同的精神家园,也是我们都想要不断回忆、不断梦想、不断追求的那块文学芳草地。

——康震(北京师范大学文学院教授、博士生导师)

③ **除夜作**
【唐】高适
旅馆寒灯独不眠,客心何事转凄然。
故乡今夜思千里,霜鬓明朝又一年。

人的一生只有一个故乡。我们经常说,在一个地方待久了,就称它为第二故乡,但它毕竟不是你的故乡。今天我们说"乡愁",主要是指对故乡的眷恋。这让人想起唐代著名边塞诗人高适的诗《除夜作》,其中有两句说"故乡今夜思千里,霜鬓明朝又一年。"③我在异地思念千里之外的故乡,已经双鬓斑白,但明年复明年我还是回不到故乡。所以,"故乡"在古代诗人的心中,在当代中国人的心中,在中华儿女的心中,永远是我们忘不了的、那一块最软的最能拨动心弦的地方。

——王立群(河南大学文学院教授、博士生导师)

诗词之乐何处寻？

个人追逐赛

1号选手

肖如梦

仰天大笑出门去，我辈岂是蓬蒿人。

南陵别儿童入京（节选）

【唐】李白

高歌取醉欲自慰，起舞落日争光辉。
游说万乘苦不早，著鞭跨马涉远道。
会稽愚妇轻买臣，余亦辞家西入秦。
仰天大笑出门去，我辈岂是蓬蒿人。

肖如梦：来自重庆师范大学，日语系大四学生，从小热爱古典诗词。在"个人追逐赛"环节共答对3道题，得分138分。从"个人追逐赛"中胜出，进入第二个环节"飞花令"。

1. 请从以下九个字中识别一句五言唐诗。

春	处	晓
红	眠	不
看	湿	绝

【分值：37】

2. 请从以下十二个字中识别一句七言唐诗。

红	从	一	何
妃	来	尘	客
问	笑	处	骑

【分值：83】

3. 请填字。

舞	榭	歌	台
风		总	被	雨	打	风	吹	去
情	月	流	骚	韵

【分值：18】

4. 请对上句。

忆	往	昔	峥	嵘	岁	月	稠
侣	僧	来	协	曾
悠	携	游	百	旅

【分值：15】

5. "东边日出西边雨，道是无情却有情"中哪个字是错的？（ ）

A 东 ×—南

B 边 ×—向

C 情 ×—晴

【分值：15】

6. 苏东坡在黄州曾作诗，"八风吹不动，端坐紫金莲"赞美的是什么？（ ）

A 佛

B 道

C 景

【分值：15】

7. 哪一句诗歌不是写除夕的？（ ）

A 白发添新岁，清吟减旧朋。

B 忆昔岁除夜，见君花烛前。

C 清霜一委地，万草色不绿。

【分值：15】

8. 被称为"五言长城"的诗人是哪一个？（ ）

A 刘长卿

B 白居易

C 欧阳修

【分值：15】

9. "娉娉袅袅十三余，豆蔻梢头二月初"写的对象是？（ ）

A 十三四岁的少女　　B 二十出头的少年　　C 年过半百的老人

【分值：15】

计算得分：

选手未答出的题目，统一按15分计算。

2号选手

曹羽

正其衣冠，尊其瞻视。

论语·尧曰

君子正其衣冠，
尊其瞻视，
俨然人望而畏之，
斯不亦威而不猛乎？

曹羽：来自天津，就读于北京大学考古文博学院，热爱诗词，热爱民乐，热爱考古专业。在"个人追逐赛"环节共答对 2 道题，得分 71 分。

1. 请从以下九个字中识别一句五言唐诗。

花	落	多
闲	之	声
人	少	桂

【分值：22】

2. 请从以下十二个字中识别一句宋词。

零	骰	豆	珑
尘	安	子	作
碾	成	泥	落

【分值：49】

3. 请填字。

碧	玉	妆	成	一	树	高
万	条	垂	下	绿	丝	
条	绦	绸	迢	涛		

【分值：15】

4. 请对上句。

来	从	楚	国	游
渡	下	荆	外	星
野	山	平	远	门

【分值：15】

5. "春心莫共草争发，一寸相思一寸灰"中哪个字是错的？（　　）

A 草×—花

B 春×—秋

C 莫×—有

【分值：15】

6. "好雨知时节，当春乃发生"写的是哪个节气？（　　）

A 惊蛰

B 雨水

C 小暑

【分值：15】

7. "岱宗夫如何？齐鲁青未了"写的是五岳中哪一个？（　　）

A 东岳泰山　　　B 西岳华山　　　C 南岳衡山

【分值：15】

8. "冠盖满京华，斯人独憔悴"写的是古代哪一位诗人？（　　）

A 李白　　　B 杜甫　　　C 王安石

【分值：15】

9. "匡衡抗疏功名薄，刘向传经心事违"中，"匡衡"和"刘向"是哪个朝代的历史人物？（　　）

A 秦朝　　　B 魏晋　　　C 汉朝

【分值：15】

计算得分：

选手未答出的题目，统一按15分计算。

3号选手

朱捷

竹杖芒鞋轻胜马，谁怕？一蓑烟雨任平生。

定风波·莫听穿林打叶声

【宋】苏轼

莫听穿林打叶声，何妨吟啸且徐行。竹杖芒鞋轻胜马，谁怕？一蓑烟雨任平生。

料峭春风吹酒醒，微冷，山头斜照却相迎。回首向来萧瑟处，归去，也无风雨也无晴。

朱捷：来自江苏徐州，人气超高的返场选手，徐州工程学院化学老师。在"个人追逐赛"环节共答对 6 道题，得分 136 分。

1. 请从以下九个字中识别一句五言唐诗。

菊	感	绣
还	来	溅
泪	时	花

【分值：29】

2. 请从以下十二个字中识别一句七言唐诗。

地	天	老	不
荒	亦	识	情
若	人	有	天

【分值：43】

3. 请填字。

却	看	妻	子	愁	何	在
漫	卷	诗	书	喜		狂
若	愈	欲	浴	如

【分值：8】

4. 请对上句。

化	作	春	泥	更	护	花
不	晴	红	洛	情
无	落	叶	是	物

【分值：24】

5. 辛弃疾词"八百里分麾下炙，五十弦翻塞外声"中"八百里"是指什么？（　　）

　A 形容地界广阔
　B 行军一路走过了八百里
　C 牛的代称

【分值：22】

6. "谁道人生无再少？门前流水竟能西"中哪个字是错的？（　　）

　A 谁×—莫
　B 门×—窗
　C 竟×—尚

【分值：10】

7. 张祜"一声何满子，双泪落君前"中的"何满子"是指什么？（　　）

　A 歌曲　　　　B 歌姬　　　　C 诗人

【分值：15】

8. 下列哪句诗年代最早？（　　）

　A 卷地风来忽吹散，望湖楼下水如天。
　B 每为注书消夜烛，亦常沽酒典春衣。
　C 不要人夸好颜色，只留清气满乾坤。

【分值：15】

9. 俗话说"文人相轻"，唐代文坛却有"元白"两个文人留下相亲的佳话，"元白"指的是？（　　）

　A 元稹和白居易
　B 元好问和白居易
　C 元稹和白朴

【分值：15】

计算得分：

选手未答出的题目，统一按15分计算。

4号选手

王若西

凌云西岸古嘉州,江水潺潺绕郭流。

嘉定舟中二首

【清】张问陶

其一

凌云西岸古嘉州,江水潺潺绕郭流。
绿影一堆漂不去,推船三面看乌尤。

其二

平羌江水绿迢遥,梦冷峨眉雪未消。
爱看汉嘉山万叠,一山奇处一停桡。

王若西: 来自若水之西四川乐山,侠骨柔肠的姑娘。在"个人追逐赛"环节共答对 4 道题,得分 93 分。

1. 请从以下九个字中识别一句五言唐诗。

莲	叶	动
渔	下	田
田	舟	鱼

【分值:29】

2. 请从以下十二个字中识别一句宋词。

两	翠	茫	年
都	十	处	死
生	不	见	茫

【分值:29】

3. 请填字。

莫	笑	农	家	腊	酒	浑
丰	年	留	客	足		豚
鸭	鹅	鸡	肥	卿		

【分值：10】

4. 请对上句。

自	缘	身	在	最	高	层
浮	遮	望	未	扶
眼	维	不	畏	云

【分值：25】

5. 李白"脚著谢公屐，身登青云梯"中的"谢公"是指哪一位历史人物？（　　）

A 谢安

B 谢朓

C 谢灵运

【分值：15】

6. "啼莺舞燕，小桥流水飞花"中哪个字是错的？（　　）

A 花 × —红

B 燕 × —雁

C 莺 × —鸟

【分值：15】

7. 下列哪句诗不是唐代诗人的诗？（　　）

A 独坐幽篁里，弹琴复长啸。

B 今夕少愉乐，起坐开清尊。

C 明月几时有，把酒问青天。

【分值：15】

8. 下列哪句诗不是写亲情的？（　　）

A 寄书长不达，况乃未休兵。

B 本是同根生，相煎何太急。

C 入我相思门，知我相思苦。

【分值：15】

9. "六一居士"指的是哪位诗人？（　　）

A 欧阳修　　　　B 白居易　　　　C 李白

【分值：15】

计算得分：

选手未答出的题目，统一按15分计算。

飞花令

李宜幸 vs 肖如梦

李宜幸

新加坡华裔，北京大学中文系大三学生，在"个人追逐赛"答题的百人团中，答题准确率最高，耗时最短，进入第二个环节"飞花令"。

李宜幸：风吹柳花满店香，吴姬压酒唤客尝。
肖如梦：桃李春风一杯酒，江湖夜雨十年灯。
我：＿＿＿＿＿＿＿＿＿＿＿＿＿＿＿＿

李宜幸：风急天高猿啸哀，渚清沙白鸟飞回。
肖如梦：人面不知何处去，桃花依旧笑春风。
我：＿＿＿＿＿＿＿＿＿＿＿＿＿＿＿＿

李宜幸：千里黄云白日曛，北风吹雁雪纷纷。
肖如梦：帘卷西风，人比黄花瘦。
我：＿＿＿＿＿＿＿＿＿＿＿＿＿＿＿＿

李宜幸：北风卷地百草折，胡天八月即飞雪。
肖如梦：昨夜西风凋碧树，独上高楼，望尽天涯路。
　我：_____

李宜幸：似此星辰非昨夜，为谁风露立中宵。
肖如梦：忽如一夜春风来，千树万树梨花开。
　我：_____

李宜幸：柴门闻犬吠，风雪夜归人。
肖如梦：风急天高猿啸哀，渚清沙白鸟飞回。
　我：_____

擂主争霸赛

李宜幸 vs 武亦姝

"飞花令"中获胜者李宜幸进入"擂主争霸赛",作为攻擂者和守擂擂主武亦姝在最后一个环节中一决高下。每题 1 分,李宜幸率先获得 5 分,**攻擂成功,成为本场擂主。**

1. 图片线索题,根据以下沙画及所给的文字猜出两句词。

					天

2. 图片线索题,根据以下沙画及所给的文字猜出一联诗。

					有

3. 图片线索题,根据以下沙画及所给的文字猜出一联诗。

					岩

4. 根据以下线索说出这是哪首作品。

   (1) 作者是宋代人，曾经带兵打仗。

   (2) 作品表现了作者舍生取义的精神。

   (3) 作者自述该诗得名自孟子的"浩然之气"。

   (4) 诗中有名句"天地有正气，杂然赋流形"。

5. 根据以下线索，猜两句词。

   (1) 作者是一位亡国之君。

   (2) 词调名是《浪淘沙》。

   (3) 这两句表达了家国之悲。

   (4) 这两句化用了曹丕的"别日何易会日难"。

6. 下列哪一联诗不是写李白的？（　　）

   A 世人皆欲杀，吾意独怜才。

   B 复值接舆醉，狂歌五柳前。

   C 天子呼来不上船，自称臣是酒中仙。

7. 下列哪一项不是诗人在自己家中写的？（　　）

   A 柴门闻犬吠，风雪夜归人。

   B 花径不曾缘客扫，蓬门今始为君开。

   C 蛱蝶飞来过墙去，却疑春色在邻家。

8. 下列与垂钓有关的名句哪一项不是唐朝人写的？（　　）

　　　　A 画家不识渔家苦，好作寒江钓雪图。

　　　　B 青箬笠，绿蓑衣，斜风细雨不须归。

　　　　C 孤舟蓑笠翁，独钓寒江雪。

9. 下列哪一项中不是写三国人物的？（　　）

　　　　A 东风不与周郎便，铜雀春深锁二乔。

　　　　B 但使龙城飞将在，不教胡马度阴山。

　　　　C 羽扇纶巾，谈笑间，樯橹灰飞烟灭。

自我评价及答案

个人追逐赛	1		飞花令	接到第　　　组	擂主争霸赛	答对　　　道题
	2					
	3					
	4					

个人追逐赛答案

1号选手题
1. 答案：晓看红湿处。
2. 答案：笑问客从何处来。
3. 答案：流
4. 答案：携来百侣曾游。
5. 答案：C
6. 答案：A
7. 答案：C
8. 答案：A
9. 答案：A

2号选手题
1. 答案：人闲桂花落。
2. 答案：零落成泥碾作尘。
3. 答案：绦
4. 答案：渡远荆门外。
5. 答案：A
6. 答案：B
7. 答案：A
8. 答案：A
9. 答案：C

3号选手题
1. 答案：感时花溅泪。
2. 答案：天若有情天亦老。
3. 答案：欲
4. 答案：落红不是无情物。
5. 答案：C
6. 答案：C
7. 答案：A
8. 答案：A
9. 答案：A

4号选手题
1. 答案：莲动下渔舟。
2. 答案：十年生死两茫茫。
3. 答案：鸡
4. 答案：不畏浮云遮望眼。
5. 答案：C
6. 答案：A
7. 答案：C
8. 答案：C
9. 答案：A

飞花令诗句参考答案

1. 长风破浪会有时,直挂云帆济沧海。　　　　　——【唐】李白《行路难》
2. 黄河捧土尚可塞,北风雨雪恨难裁。　　　　　——【唐】李白《北风行》
3. 八月秋高风怒号,卷我屋上三重茅。　　　　　——【唐】杜甫《茅屋为秋风所破歌》
4. 昨夜星辰昨夜风,画楼西畔桂堂东。　　　　　——【唐】李商隐《无题》
5. 东风不与周郎便,铜雀春深锁二乔。　　　　　——【唐】杜牧《赤壁》
6. 不知细叶谁裁出,二月春风似剪刀。　　　　　——【唐】贺知章《咏柳》
7. 迟日江山丽,春风花草香。　　　　　　　　　——【唐】杜甫《绝句二首》
8. 野火烧不尽,春风吹又生。　　　　　　　　　——【唐】白居易《赋得古原草送别》
9. 春风桃李花开日,秋雨梧桐叶落时。　　　　　——【唐】白居易《长恨歌》
10. 风里落花谁是主?思悠悠。　　　　　　　　——【五代】李璟《浣溪沙》
11. 小楼昨夜又东风,故国不堪回首月明中。　　　——【五代】李煜《虞美人》
12. 我欲乘风归去,又恐琼楼玉宇,高处不胜寒。——【宋】苏轼《水调歌头·丙辰中秋》
13. 等闲识得东风面,万紫千红总是春。　　　　　——【宋】朱熹《春日》
14. 春风又绿江南岸,明月何时照我还。　　　　　——【宋】王安石《泊船瓜洲》
15. 枯藤老树昏鸦,小桥流水人家,古道西风瘦马。——【元】马致远《天净沙·秋思》
16. 好风凭借力,送我上青云。　　　　　　　　　——【清】曹雪芹《红楼梦》
17. 千磨万击还坚劲,任尔东西南北风。　　　　　——【清】郑燮《竹石》
18. 俱往矣,数风流人物,还看今朝。　　　　　　——【现代】毛泽东《沁园春·雪》
19. 风雨送春归,飞雪迎春到。　　　　　　　　　——【现代】毛泽东《卜算子·咏梅》
20. 春风杨柳万千条,六亿神州尽舜尧。　　　　　——【现代】毛泽东《七律·送瘟神》

擂主争霸赛答案

1. 答案:明月几时有,把酒问青天。
2. 答案:借问酒家何处有?牧童遥指杏花村。
3. 答案:咬定青山不放松,立根原在破岩中。
4. 答案:文天祥(宋)《正气歌》。
5. 答案:李煜"无限江山,别时容易见时难"。
6. 答案:B
7. 答案:A
8. 答案:A
9. 答案:B

一语天然万古新·嘉宾点评

永遇乐·京口北固亭怀古
【宋】辛弃疾

千古江山，英雄无觅，孙仲谋处。舞榭歌台，风流总被，雨打风吹去。斜阳草树，寻常巷陌，人道寄奴曾住。想当年，金戈铁马，气吞万里如虎。

元嘉草草，封狼居胥，赢得仓皇北顾。四十三年，望中犹记，烽火扬州路。可堪回首，佛狸祠下，一片神鸦社鼓。凭谁问，廉颇老矣，尚能饭否？

宋人用典

辛弃疾词写得固然好，典故也用得非常多。宋人有学问，写诗写词都喜欢加典故。看注释，更能懂词在写什么。但是直接看这首词，从"千古江山，英雄无觅，孙仲谋处"，到"金戈铁马，气吞万里如虎"，再到"元嘉草草，封狼居胥"，如果不能把这些典故理清楚，理解这首词确实有点困难。不同的文学作品在不同时代有不同的解读方法，对宋人来讲，用典故是很平常的事情，甚至以炫技为美。典故是古典诗词的一种美，这种美在宋人中颇为风雅。（康震）

宋人读书比唐人要读得多，原因是这一时期雕版印刷盛行，所以宋代书籍大量流行。而且从初唐开始有很多类书，像《艺文类聚》和《初学记》。到北宋初年，这些东西就为宋人写诗词提供了很大方便，他们可以去查典故，继而采用。（王立群）

沁园春·长沙
【现代】毛泽东

独立寒秋，湘江北去，橘子洲头。看万山红遍，层林尽染；漫江碧透，百舸争流。鹰击长空，鱼翔浅底，万类霜天竞自由。怅寥廓，问苍茫大地，谁主沉浮？

携来百侣曾游，忆往昔峥嵘岁月稠。恰同学少年，风华正茂；书生意气，挥斥方遒。指点江山，激扬文字，粪土当年万户侯。曾记否，到中流击水，浪遏飞舟！

英雄豪气

1925年正是"大革命"高潮的时候，毛泽东才30岁刚出头，在湘江边上看"万类霜天竞自由"，天地之辽阔，宇宙之穹庐。毛泽东意气风发，胸怀壮志，想起过往英雄，看到江天万类，联想到身边同学。特别是最后一句，"曾记否，到中流击水，浪遏飞舟"，绝对可以和他十几年后写的"俱往矣，数风流人物，还看今朝"相提并论，可以说是遥相呼应的千古好词。（康震）

己亥杂诗三百一十五首（其五）

【清】龚自珍

浩荡离愁白日斜，吟鞭东指即天涯。
落红不是无情物，化作春泥更护花。

落红有情

这诗写得极妙，尤其是"落红不是无情物"一句。我们一般说花红易落，花红易衰，这一衰一落以后，人们就觉得现实无情，时光无情。诗人却说落红不是一件无情的事，而是更有情

停舟访梅图
明代，赵子俊，绢本设色，北京故宫博物院藏。

的事，有情在哪？有情在"化作春泥更护花"。按理说，落红化作尘土，一般生命就结束了。可什么叫大诗人？大诗人就在于联想比我们丰富。龚自珍说，花落到泥土里，是为了让更多的花绽放，也就形成了有情、有义、有德的一个循环，所以"落红不是无情物，化作春泥更护花。"就像老师燃烧了自己，照亮了学生，所以李商隐说："春蚕到死丝方尽，蜡炬成灰泪始干。"这都可以用作形容老师，但角度不一样，这些都是让我们不得不感慨的诗词绝唱。（康震）

中国古典诗词常常大起大落。看到落花，一是感伤，二是保持自身高洁，"只有香如故"。龚自珍的境界更高，自己即使化作春泥，还要反哺那些未落的花。这种境界，不光是指老师，而且是指所有有奉献精神的人。每一个希望社会能够更快发展的人，他们都希望自己即使化作泥，也能够为社会做最后一点贡献，这种精神非常值得称赞。（王立群）

破阵子·为陈同甫赋壮词以寄之
【宋】辛弃疾

醉里挑灯看剑，梦回吹角连营。八百里分麾下炙，五十弦翻塞外声。沙场秋点兵。

马作的卢飞快，弓如霹雳弦惊。了却君王天下事，赢得生前身后名。可怜白发生！

八百里驳的故事

这首诗讲了一个富人的故事。晋代有两个很富有的人，一个叫王恺，一个叫王济。王恺有一头非常名贵的牛，叫"八百里驳"，日行八百里。王济也很有钱，所以就和王恺比拼射箭，如果赢了，便要把王恺的牛杀了。结果王济赢了，就把这头名为"八百里驳"的牛杀了，并把牛心挖出来，当场烤熟，只吃一口就走了。这是中国古代非常有名的炫富斗富的故事，但我们应当思考怎么样做一个富人。因为随着我们经济的发展，会有很多的富人出现，富人如果像王济这样杀牛吃牛心，只吃了一口就弃之，这实在让人难以苟同。我认为，作为一个富人，应当具备十个条件：第一要有永不满足的进取心；第二要有明确的人生目标；第三要有更开阔的眼界；第四要有不甘平凡的雄心；第五要有驾驭金钱的能力；第六要有创造能力；第七要有与时俱进的认识；第八要有突破平庸的能力，还有突破平庸的志气；第九要有正确的自我评价；第十要有长远的人生规划。作为一个富人，绝不能像"八百里斗富"的王济一样，这点绝不可取。（王立群）

浣溪沙·游蕲水清泉寺
【宋】苏轼

游蕲水清泉寺，寺临兰溪，溪水西流。

山下兰芽短浸溪，松间沙路净无

泥。萧萧暮雨子规啼。

谁道人生无再少？门前流水尚能西！休将白发唱黄鸡。

谁道人生无再少

"流水尚能西"的现象在中国比较少见，因为我们国家整个地貌是西高东低，所以大江大河总体趋向是由西向东流，往西流不大合乎中国地理国情。这篇作品讲了一个道理：你要正确地认识一个人的衰老和死亡。因为衰老和死亡是一个正常的过程，在作品中作者表现得非常达观。作者认为，人生"尚能西"，水还能西流，人还可以有一个更好的未来，所以万事都要有正确的认识，这一点很关键。苏轼一直在勉励我们，人要有一个积极的精神状态。衰老和死亡是不可避免的，但是怎样面对衰老和死亡？我们可以有两种状态，是要消极等死，还是要以一个积极状态去面对人生？这就在于我们的人生态度。（王立群）

何满子

【唐】张祜

故国三千里，深宫二十年。
一声何满子，双泪落君前。

何满子

何满子是唐玄宗时著名歌手，据说她因故得罪了皇帝，被推出就刑。就刑前她张口高歌，曲调悲愤，使"苍天白日黯然失色"。结果皇帝闻之，终因惜其技艺难得而降旨缓刑。因为何满子出色的技艺，大诗人元稹、白居易、杜牧等都相继为之赋诗，其中以张祜的这首《何满子》最为感人。这首宫词后来流传甚广，其唱来异常悲怨。据说唐武宗时，有一孟才人，因有感于武宗让其殉情之意，为奄奄一息的武宗唱了一曲《何满子》，唱毕，

山居图（局部）
元代，钱选，纸本设色，北京故宫博物院藏。

竟气绝身亡。一作"河满子"，舞曲名。题又作"宫词"。另有一种说法，白居易《何满子》诗的自注说："何满子，开元中沧州歌者，临刑进此曲以赎死，竟不得免。"（王立群）

江城子·乙卯正月二十日夜记梦
【宋】苏轼

十年生死两茫茫，不思量，自难忘。千里孤坟，无处话凄凉。纵使相逢应不识，尘满面，鬓如霜。

夜来幽梦忽还乡，小轩窗，正梳妆。相顾无言，惟有泪千行。料得年年肠断处，明月夜，短松冈。

悼亡词

《江城子·乙卯正月二十日夜记梦》是大家非常熟悉的中国古代悼亡词。特别是女性，读到这首词肯定会被苏轼的这一段深情所打动。苏轼写这词的时候年龄不到40岁，但他对自己悼亡词的对象——第一任妻子王弗，是很深情的。"十年生死两茫茫，不思量，自难忘。"遥想千里孤坟，不知这凄凉该跟谁说。"纵使相逢应不识"，我们离别已有十年，即使现在见面，早已不是当年的少男少女，只能"尘满面，鬓如霜"。

在作者对妻子这种无限的追念中，也夹杂了一种世事沧桑、宦海难测的忧伤。关键是王弗这个人对他来说很特别，王弗其人的样貌并无确切评价，也算不上聪明绝顶，却十分善解人意，苏轼在她那里确是获益良多。有一次，家里来了一个客人，苏轼是个热心肠，与客人聊得非常好。待这人走了，他的妻子从屏风后头出来提醒道："这种人热得快，他跟你亲近得快，将来离开你也快。"还有一次，苏轼在家里读书，背书卡了壳，他一直以为夫人不识字，结果他夫人却能暗暗地提醒他一句。所以王弗去世的时候，苏轼在墓志铭里面送他夫人两个字"敏静"，敏锐又很娴静之意。连苏轼的父亲都对王弗赞不绝口，让儿子做官的时候要带上她，将来要把儿媳葬在老两口的坟旁，这在古代是很高的待遇。而王弗跟苏轼结婚不久，生了儿子之后就去世了。当时苏轼心里非常难过，专门写了一篇墓志铭给他妻子。在十年之后，他在山东密州做知州，心情抑郁，仕途困顿，遥想他的爱妻，却不得见。于是他写下了"十年生死两茫茫"，想起当年在小轩窗，他的夫人正梳妆，如果现在见面一句话都说不出来，"惟有泪千行"。又想到明月下的短松冈，他夫人的坟。所以苏轼这个大才子，把他对于妻子的全部深情凝聚在这短短的诗词中，为我们后人留下了长长的叹息。（康震）

悼亡诗起源于西晋的潘岳。潘岳写了中国历史上第一首悼亡诗来悼念他的妻子。这首悼亡诗写得非常巧妙，

因为潘岳在他的妻子死后，内心一直非常纠结。因为那时没有格律诗，诗歌篇幅很长且无格律，他最后两句说道："庶几有时衰，庄缶犹可击。"就是说，我希望有朝一日，我对妻子的十年之情能够退一点热，我能够像庄子那么达观，妻子死了，击缶而歌。潘岳这一首悼亡诗非常有名，所以后世就把所有悼念自己妻子的诗词叫悼亡之作，到唐代也出现很多有名的悼亡诗。虽有大量的悼亡诗在前面，但苏轼开创了一个新的天地，他用词的形式来表达悼亡的意思。（王立群）

潘岳因为这首悼亡诗，让人对他更多了一份敬重。他原本让我们觉得只是貌美，吸引了众多人对他的倾慕，而他对自己的妻子非常专一，情有独钟，用情之深令世人感慨万千。（董卿）

游山西村

【宋】陆游

莫笑农家腊酒浑，丰年留客足鸡豚。
山重水复疑无路，柳暗花明又一村。
箫鼓追随春社近，衣冠简朴古风存。
从今若许闲乘月，拄杖无时夜叩门。

宋代哲理诗

"山重水复疑无路，柳暗花明又一村"这两句很有名，因为它讲了一个哲理。这是中国古代哲理诗最常见的一种，读全诗感觉它算不上在说理，但它中间会有几句，含有很深刻的哲理。类似"不识庐山真面目，只缘身在此山中"，也体现了中国古代哲理诗最常见的一种形式：在叙事抒情中间插上两句哲理诗。还有另一种形式，是通篇诵物的，但它包含了哲理，那是更高的一个层次。（王立群）

陆游退居乡野山林很多年，最后基本上快变成一个有知识的农夫了。朝廷不重视他，反而使他写出了大量的乡村诗词。宋人写诗总要说些道理，这正是它与唐诗一个很不同的地方，所以启功先生说过一句话："唐诗是怎么写出来的？唐诗是嚷出来的。宋诗是怎么写出来的？宋诗是想出来的。"当然他说明清以后的诗都是仿出来的。他为什么说宋诗是想出来的呢？宋人，读书多，知识多，典故多，要显摆，以知识为美，他本来写了一首乡村的诗，"莫笑农家腊酒浑，丰年留客足鸡豚"，"箫鼓追随春社近，衣冠简朴古风存"，"从今若许闲乘月，拄杖无时夜叩门"全说的是村里的事，在村里走路的时候，往前走着走着，"山重水复疑无路，柳暗花明又一村。"陆游把这两句写出来特得意，想着，写乡村诗都能写出大道理，这就叫作宋调，跟唐音是有分别的，这是宋人最得趣的地方，最能耐的地方。（康震）

读书多也给他们带来很大的好处，陆游的诗存下将近一万首。李白的诗那么有名，只存下来不到一千首，原因是没有雕版印刷,保存极其困难。白居易就吸取了这个教训,生前先为自己编诗集,然后分几个地方放,唯恐自己的诗丢了,所以他留传下来的诗就多。(王立群)

登飞来峰
【宋】王安石
飞来山上千寻塔,闻说鸡鸣见日升。
不畏浮云遮望眼,自缘身在最高层。

这本来是一首叙事诗,写自己登峰的,然后插上两句哲理,跟王之涣《登鹳雀楼》一样。所以这种哲理诗,往往在叙事中凝炼出来。(王立群)

梦游天姥吟留别(节选)
【唐】李白
谢公宿处今尚在,渌水荡漾清猿啼。
脚著谢公屐,身登青云梯。
半壁见海日,空中闻天鸡。

留别
题目中的"留别",一般不太被人注意。前面的"梦游天姥吟"是次要的,其实最后"留别"才是主要的。在留别的过程中发挥了自己丰富的想象力,想象登山的过程,四万八千丈的高度,夸张得不得了,然后想象如何遇见那些神人、仙人等等。"安能摧眉折腰

仿一峰山水图轴(局部)
明代,蓝瑛,纸本设色,天津艺术博物馆藏。

事权贵，使我不得开心颜。"这两句点出了李白留别的时候，内心的真实情况。李白的一生一方面是才华横溢，无人能及。想象之丰富，语言之奇特，夸张之神奇，都是无人可比的，而且才思敏捷。李白有一个很大的愿望，希望自己能做一番事业，但是因为口无遮拦，很多事情得罪了当时的权贵，所以他不像陆游受了挫折以后能走向清醒，写出"世味年来薄似纱"的诗句。李白没有那么清醒，所以免不了命运多舛。在李白的一生中有两个字是绕不开的，一个是他的"才"，一个是他的"命"，才气极高，造化弄人，"才"与"命"的交织纠结，始终贯穿他的一生。他有着极高的才华与心气，什么都想参与，甚至于在安史之乱中，积极报名参军，入永王李璘的幕府。他丝毫不去考虑中间有尖锐的政治矛盾，后来他因为这一次参军被判了罪，还被流放，"才"与"命"的矛盾贯穿一生。而他的本性是什么？在这首诗的结尾写得很清楚，"安能摧眉折腰事权贵，使我不得开心颜"，就因为他不能这样去做，所以他有再大的才，也没有施展空间，这就是他命运多舛的内在原因，性格决定了诗人坎坷的一生。（王立群）

谢公屐

"谢公屐"就是登山鞋。谢灵运这个人好游山游湖，登山的时候穿的鞋有俩齿，前面一个齿，后面一个齿，就跟现在日本人爱穿的木屐一样。上山的时候把前面那齿去掉，只留后边这个齿，因此上山的时候就不会往下滑；下山的时候则把后边这齿去掉，保留前面那个齿。"上山去前齿，下山去后齿"，这就叫"谢公屐"。可见李白对谢灵运是非常仰慕的。这诗还有一个题目叫《留别东鲁诸公》。李白这时还在山东，想要去浙江。没去的时候，先梦见了天姥山，就告诉山东的朋友昨晚自己做一梦已经到天姥山了，并写了自己梦中所见的天姥山是什么样的。所以，这首诗第一应

猿猴摘果图页（局部）
宋代，佚名，绢本设色，北京故宫博物院藏。

该是送别诗；第二它又是记梦诗；第三还是游仙诗，因为他看到很多神仙；第四它还是山水诗。但这些都是假象。前面说的都特好，"半壁见海日，空中闻天鸡""一夜飞度镜湖月"，还说"且放白鹿青崖间，须行即骑访名山"。只要我高兴，我骑头青鹿就上路旅游。本来到这儿，诗完全可以结束了，但李白偏偏加上"安能摧眉折腰事权贵，使我不得开心颜"，没人重视我，没人重用我，我才不伺候这帮当官的。这样看来其实李白内心也有从政的希冀，激愤之余，写下了结尾的诗句。

前面的诗句都是为最后一句话做铺垫，他把天姥山写得天花乱坠，甚至势拔五岳，就是为了最后那句话。你看这名山大川，这么壮美，跟你们这名利之争有什么可说的，不伺候你们了。杜甫曾写过李白，说"天子呼来不上船，自称臣是酒中仙"，意思是夸张表达李白是仙，不归凡夫俗子管。

（康震）

李白才气太大，恃才傲物。同时他又想积极入世，不给官做还可以，结果一参军，就被流放了，只能感慨造化弄人。（王立群）

诗词不厌百回读，熟读深思子自知

赠农人
【唐】孟郊

劝尔勤耕田，盈尔仓中粟。
劝尔伐桑枺，减尔身上服。
清霜一委地，万草色不绿。
狂飙一入林，万叶不著木。
青春如不耕，何以自结束？

除　夜
【唐】齐己

夜久谁同坐，炉寒鼎亦澄。
乱松飘雨雪，一室掩香灯。
白发添新岁，清吟减旧朋。
明朝待晴旭，池上看春冰。

金铜仙人辞汉歌
【唐】李贺

茂陵刘郎秋风客，夜闻马嘶晓无迹。
画栏桂树悬秋香，三十六宫土花碧。
魏官牵车指千里，东关酸风射眸子。
空将汉月出宫门，忆君清泪如铅水。
衰兰送客咸阳道，天若有情天亦老。
携盘独出月荒凉，渭城已远波声小。

没骨花卉条幅
清代，汪中，绢本设色，北京故宫博物院藏。

渔村小雪图卷（局部）
宋代，王诜，绢本设色，北京故宫博物院藏。

渔　家
【明】孙承宗

呵冻提篙手未苏，满船凉月雪模糊。
画家不识渔家苦，好作寒江钓雪图。

黄州小诗
【宋】苏轼

稽首天中天，毫光照大千。
八风吹不动，端坐紫金莲。

咏　柳
【唐】贺知章

碧玉妆成一树高，万条垂下绿丝绦。
不知细叶谁裁出，二月春风似剪刀。

清　明
【唐】杜牧

清明时节雨纷纷，路上行人欲断魂。
借问酒家何处有，牧童遥指杏花村。

除　夜
【唐】元稹

忆昔岁除夜，见君花烛前。
今宵祝文上，重叠叙新年。
闲处低声哭，空堂背月眠。
伤心小儿女，撩乱火堆边。

正气歌
【宋】文天祥

天地有正气，杂然赋流形。
下则为河岳，上则为日星。
于人曰浩然，沛乎塞苍冥。
皇路当清夷，含和吐明庭。
时穷节乃见，一一垂丹青。
在齐太史简，在晋董狐笔。
在秦张良椎，在汉苏武节。
为严将军头，为嵇侍中血。
为张睢阳齿，为颜常山舌。
或为辽东帽，清操厉冰雪。

或为出师表，鬼神泣壮烈。
或为渡江楫，慷慨吞胡羯。
或为击贼笏，逆竖头破裂。
是气所磅礴，凛烈万古存。
当其贯日月，生死安足论。
地维赖以立，天柱赖以尊。
三纲实系命，道义为之根。
嗟予遘阳九，隶也实不力。
楚囚缨其冠，传车送穷北。
鼎镬甘如饴，求之不可得。
阴房阗鬼火，春院閟天黑。
牛骥同一皂，鸡栖凤凰食。
一朝蒙雾露，分作沟中瘠。
如此再寒暑，百沴自辟易。
嗟哉沮洳场，为我安乐国。
岂有他缪巧，阴阳不能贼。
顾此耿耿在，仰视浮云白。
悠悠我心悲，苍天曷有极。
哲人日已远，典刑在夙昔。
风檐展书读，古道照颜色。

梦李白二首（其二）
【唐】杜甫
浮云终日行，游子久不至。
三夜频梦君，情亲见君意。
告归常局促，苦道来不易。
江湖多风波，舟楫恐失坠。
出门搔白首，若负平生志。
冠盖满京华，斯人独憔悴。
孰云网恢恢？将老身反累。
千秋万岁名，寂寞身后事。

浪淘沙·帘外雨潺潺
【五代】李煜
帘外雨潺潺，春意阑珊，罗衾不耐五更寒。梦里不知身是客，一晌贪欢。
独自莫凭栏，无限江山，别时容易见时难。流水落花春去也，天上人间。

辋川闲居赠裴秀才迪
【唐】王维
寒山转苍翠，秋水日潺湲。
倚杖柴门外，临风听暮蝉。
渡头余落日，墟里上孤烟。
复值接舆醉，狂歌五柳前。

逢雪宿芙蓉山主人
【唐】刘长卿
日暮苍山远，天寒白屋贫。
柴门闻犬吠，风雪夜归人。

赠别二首（其一）
【唐】杜牧
娉娉袅袅十三余，豆蔻梢头二月初。
春风十里扬州路，卷上珠帘总不如。

月曼清游图册·踏雪寻诗(局部)
清代,陈枚,绢本设色,北京故宫博物院藏。

主持人寄语

人生自有诗意

最近有一句话很受欢迎："生活不止有眼前的苟且，还有诗和远方。"远方很远，诗却很近。

诗是属于天才的。是李白的"安能摧眉折腰事权贵，使我不得开心颜"；是杜甫的"会当凌绝顶，一览众山小"；是王维的"行到水穷处，坐看云起时"；是苏轼的"万人如海一身藏""此心安处是吾乡"；是鱼玄机的"易求无价宝，难得有心郎"；是纳兰的"人生若只如初见"。在人生的某个时刻，你看到它，只觉心下一惊，如此美妙的诗句，"与君初相识，犹如故人归"。不需要解释，亦不需费力，它在你心底成为永恒，但同时，你也会明白，此生你永远也写不出这样的句子。

千秋万岁名，寂寞身后事。天才诗人青史留名，但他的身后却并不寂寞，因为诗意是属于每个人的。世易时移，诗心不改。每一代人都在用自己的方式去感受、纪念、传承。晋朝人读诗，是兰亭集会、曲水流觞。唐朝人读诗，是高朋满座、冠盖京华。革命者读诗，是狱中绝笔、肝胆相照。而我们的方式，就是《中国诗词大会》。

作为比赛，分数是冰冷的，而诗词却是有温度的，我更愿意把现场视为诗词的狂欢，是每一个灵魂诗意的激发，白茹云的诗意是"千磨万击还坚劲，任尔东西南北风"，武亦姝的诗意是"腹有诗书气自华"，陈更的诗意是"恰同学少年，风华正茂"，她们的坚韧乐观、纯真可爱，甚至是急躁冒进，都让我看到诗词是火热的、是鲜活的，是有力量的，是的，"人生自有诗意"。

《中国诗词大会》的火热，是国人意料之外的必然，有人比喻为"黑马"，有人认为是"清流"。在这个现象背后的本质，是中国人对传统文化情感的共鸣和敬畏。中国诗词是汉语最美好的精粹，隐藏着中国人的文化基因，也是我们传承传统文化最好的方式之一。那么我们应该传承什么呢？"九月登高"是传统，"对酒当歌"是文化，在看得见的传统之外，诗词更重要的贡献，是静水深流的想象力，是逆风顺风，无阻飞扬。

《中国诗词大会》打通了文化传播的另外一种路径，让今天身处时代洪流中的人们，有了精神上的聚点。读诗词，从一个人的事，变成所有人的事，这是平台的引领，更是文化的力量，而这一切，都只是刚刚开始。

感谢诗词，让我遇见美好！

感谢《中国诗词大会》，让我遇见你！

董 卿

嘉宾寄语

好雨知时节，当春乃发生

  2017年新年伊始，一台文化类益智电视节目《中国诗词大会》第二季迅速走红，成为新春佳节最受追捧的电视节目。连续十天的热播引发了全民的热议，引发了对这档电视节目的种种评价。

  这档节目为什么会如此爆红呢？

  杜甫的两句诗，"好雨知时节，当春乃发生"给予了最好的诠释：在一个最需要中国古典诗词的时代，《中国诗词大会》第二季送来了最美的中国古典诗词。一是需求，二是供给，二者的完美结合，造就了一场诗词的盛宴，掀起了一个阅读诗词的热潮。

  三十多年的改革开放，物质生活的飞速提高，自觉不自觉中，人们对精神生活的追求提高了。看惯了美女、帅哥的真人秀，听厌了"哇塞"等流行语，人们突然发现了中国古典诗词的美，同时也发现了我们今天丢失的某些美。

  春风春鸟，秋月秋蝉，夏云暑雨，冬月祁寒，不知不觉，我们在诗情画意的流淌中完成了生命的成长，但是，我们却缺少了对这种诗情画意的感觉。今天，这种诗情画意不见了。在匆匆中，我们丢失了古人的那份精致，缺少了对生活的细腻感触；我们抛却了率性与真情，用厚厚的面具裹紧自己。我们的眼中满是麻木，我们的心中充满焦虑……我们茫然，不知所措，我们迷失了自己。

吟诗作对，击节高歌，曲水流觞，明月清风，长亭送别，渔歌唱晚，琵琶一曲，阳关三叠，荒烟蔓草，庭院深深，一切的一切，都成了缥缈与遥不可及。

杨绛说过，人烦恼过多，是因为读书不多而想得太多。我认为：烦恼与忧虑，是因为我们心灵深处的诗意被现实与速度深深地遮蔽了。

中国古典诗词是唤醒那蛰伏在心灵深处诗情画意的篇章。在我们沉浸在那些名章佳句的一刻，所有的现世浮华都会渐渐隐去，所有的烦恼与焦虑，都会消弭顿无。落花无言，人淡如菊。

世界那么大，我想去看看。

一封简短的辞职信，普普通通的十个字，为什么能够一夜之间风靡全国，家传户诵？因为它像一根琴弦，一下子触动了我们不知不觉中养成的平庸，触动了我们隐藏许久的敏感神经。

山水，田园，世界，不仅是一个地方，更是一种理想，是我们心灵得以诗意栖居的地方，是我们安顿心灵的家园，有归属感才能走得远。我想说的是：外边的世界很精彩，外边的世界很无奈。诱惑那么多，心该歇歇了。

中国古典诗词是什么？它是我们心灵的结晶。

中国古典诗词让我们学会审美，中国古典诗词不仅让我们学会用最美的语言去说话，更重要的是，你说的他人愿意接受。

朋友遇到人生的低谷我们该说什么？说"扛着"，有些直白，说"山重水复疑无路，柳暗花明又一村"，会让他知道，未来还有希望。

我们劝人看远一点，看开一点，莫过于让他读读"竹杖芒鞋轻胜马，谁怕？一蓑烟雨任平生"，苏轼对待人生的态度，值得人们思考。顺其自然是人生的一门必修课，不必刻意地追求，不必为一时的得失斤斤计较。人生无非是得与失，得之要谨慎，失之要平静。

我们劝人关注真相，全面客观地看人看事，说"不识庐山真面目，只缘身在此山中"至少会让人有所思考。看明白，做个明白人，其实真不容易。看清他人不容易，看清自己也不容易。看清社会，看清世界，又何尝不是如此呢？

春光无限，春天短暂，当春天逝去时，我们会感到惋惜，我们该怎么表达呢？"昨日杏花浑不见，故应随水到江滨"，让我们懂得落花流水春去也。其实，人生值得惋惜的岂止是失去的春日？夏日、秋日、冬日，四季各有其美，哪一个季节失去都会令人感伤，人生呢？失去人生又会如何？

如果我们朗诵"人生自古谁无死，留取丹心照汗青"，不仅我们自己，也可以让听者懂得：有的人死了，但还活着。

诗词让我们懂得善待青春："少年易老学难成，一寸光阴不可轻。未觉池塘春草梦，阶前梧叶已秋声。"

诗词是中国人的文化基因，诗词情结一直埋藏在我们每个中国人的心底。每当这种诗情被拨动之时，我们都有一种莫名的兴奋，《中国诗词大会》就是拨动每个中国人内心诗情的琴弦。

生活需要远方，能走多远就走多远；但是，有时间的时候没有钱，有了钱的时候没有时间，怎么办？读诗词，听诗词，品诗词，因为诗词是会飞翔的，会把你带向遥远的山水、田园，会带你自由地飞翔到世界任何一个地方，会让你任意地穿越到任何一个时代。诗词何处无世界。一扇门，世界就关在门外；一首词，世界就尽收心底。

从陶渊明的"此中有真意，欲辨已忘言"，到革故鼎新的五四运动，屈原、曹植、李白、杜甫、李商隐、杜牧、苏轼、辛弃疾、李清照……一个个古代诗人向我们走来，有的浅吟低唱，缠绵悱恻；有的栏杆拍遍，慷慨高歌。这里有眼泪，有悲伤，有纯粹的欢喜，有凄凄的别离，有限文字背后是无数故事。我们发现：千年前的内心世界，千年前的悲欢离合、喜怒哀愁，和我们的今天，其实真的没有太多不同，我们可以和古人的心灵相通。我们发现：明月也曾照古人。我们发现：中国古典诗词的美不仅是文辞美，意境美，色彩美，更有心境之美。

因为中国是一个没有主流宗教的国度，诗歌承担了某些教化功能，我们的先哲们特别重视"诗教"。中国古典诗词以"岁寒三友"的松竹梅，"四君子"的梅兰竹菊，再到"出淤泥而不染，濯清涟而不妖"的"荷花"作为吟咏对象，创作了大量诗词，正是这些诗词，让我们知道了：什么是真，什么是善，什么是美。什么是阳春白雪，什么是下里巴人。

我们在重温中国古典诗词时，需要更多的人生体验。一如宋代词人蒋捷《虞美人·听雨》所说：

少年听雨歌楼上，红烛昏罗帐。壮年听雨客舟中，江阔云低，断雁叫西风。而今听雨僧庐下，鬓已星星也。悲欢离合总无情，一任阶前，点滴到天明。

少年，壮年，晚年（而今），人们的阅历不同，对社会的认知不同，同样的"听雨"，感受也大不相同。人生的短暂与漫长，人生的经历复杂而简单，因此，人生何止是"听雨"呢？人生需要听的，需要看的，需要做的，需要想的，需要说的，需要做的，都太多太多。

品读诗词是需要功夫的，一时的欣喜、兴奋无法代替持续的努力。读懂、记诵，一个都不能少！历史、文学一个都不能缺！缺了历史，不知道诗人何时、何因下的写作。缺了文学，诗词就缺少了审美。

让我们张开双臂，敞开胸怀，用满腔的热忱，欢迎中国古典诗词进一步融入我们的生活。

王立群

嘉宾寄语

诗，可以火

《中国诗词大会》火了！

节目高大上、接地气，怎能不火？但火到这种程度，真没想到。今年春节那几天，在任何地方遇到任何人，必谈诗词大会，必谈飞花令，必谈百人团……一次刚上出租车，司机扫了一眼后视镜，回头嘿嘿一笑：这位大哥，上过诗词大会吧？

累计11.63亿人次的观看热度，能不火么？

很多人总问我同一个问题：诗词大会为啥这么火？其实他想问的可能是：诗词大会凭啥这么火？

我的回答很简单：因为在每个中国人心中，都有一个诗词的世界、诗意的世界。这一次，中央电视台搭起台子办大会，就是要让诗词从每个人心里火出来，火出中国，火到全世界！

"人生自有诗意"——这是诗词大会的主题句，也是我们每个人的真诚渴望，我们渴望诗意的自己，诗意的你我，诗意的人生——

登上高山，我们骄傲：会当凌绝顶，一览众山小；

远眺大海，我们深情：海上生明月，天涯共此时；

思念亲人，我们伤感：但愿人长久，千里共婵娟；

挥别友朋，我们自信：海内存知己，天涯若比邻；

回忆家乡，我们眷恋：露从今夜白，月是故乡明；

乡间最平常的流水，在我们眼里如此热情好客：山北溪声一路迎，山南溪响送人行；

脚下最平常的小路，在我们眼里如此千回百折：山重水复疑无路，柳暗花明又一村；

就算是再大的风浪，在我们眼里依然是最美的风景：九死南荒吾不恨，兹游奇绝冠平生。

这就是中国诗词的魅力，这就是中国人的诗意人生！

这些优美的诗句是我们表情达意的经典话语，它们占据着我们的心灵，甚至置换了我们的语汇系统，成为发自我们内心深处的本能语言。无论我们身在何方，总会情不自禁地想起这些诗句，吟诵这些诗句，以此表达自己最真切的感受——中国诗词早已融入我们的血液，成为每一个中国人的文化基因。

可见，诗词从不曾远离我们，而是时刻伴随在我们左右。《中国诗词大会》最大的贡献是：在春节，这个最重要最幸福的时刻，全家人，全村人，全县人，全国人，因为中国诗词，围坐一起，感受亲情、友情、爱情，分享惬意、美意、诗意，成就生长、生活、生命。

此时此刻，回想录制《中国诗词大会》的点点滴滴，真是思绪纷纭，感慨万千！随着现场环节如诗卷展开，各位选手吟诵而来，歌咏而去，主持人出口成章、顾盼生辉、神采飞扬，点评嘉宾们沉静儒雅、激情澎湃、诙谐幽默、洒脱自如，百人团的才子们更是才华横溢、妙语如珠、巧思泉涌、各逞千秋，大有与古今诗人华山论剑、一争高下的气派！

一瞬间，我忽然想到：千百年来，太白诗仙、东坡居士们，就是这样饮酒、品茶、展卷、对弈、看山、望水，谈笑间，流传千古的绝妙好诗，也就这样脱口而出了！其实，《中国诗词大会》呈现给我们的，不正是古往今来的诗意人生么？

那一刻，我们"以诗为马"，徜徉在春雨如酥的长安天街，奔跑在一路向西的丝路驿道，翱翔在皓月当空的万里云天，与诗佛摩诘看一回长河落日、大漠孤烟，与诗魔乐天听一曲长恨歌断、琵琶深情，与诗鬼长吉唱一首天若有情、千年走马。我们，这些华夏的子孙，一路向前，且歌且行，且思且唱，在记忆诗词中体验历史，在品鉴诗人中领悟生命，在遥望千年时唱出每个中国人对国家振兴、民族复兴的伟大梦想！

《中国诗词大会》的确不简单，短短数日，圈粉无数：有七十老翁、十岁小儿，中东大叔、非洲小伙儿；有执法民警、市场保安、乡村教师、全职妈妈；有理工女生、文艺青年、农民大伯、IT达人……他们来自五湖四海，身份各异、年龄不同，都拥有同一个梦想：参加《中国诗词大会》，在全社会掀起"诗词大合唱"，让更多的人了解中国诗词，了解中华民族辉煌灿烂的历史、文化与经典。

《中国诗词大会》第二季播出那天，老爸、老妈率领全家男女老幼全体成员，齐齐坐在电视机前参加比拼，大伙儿争先恐后跟场上选手比谁的诗词背得多、背得准，七嘴八舌地说这节目真好玩儿、有看头，还说我的头发有点儿长，是不是剪短一点更好看……

节目播出了，爹妈高兴了，孩子们高兴了，我们也就高兴了。衷心希望有更多青年、壮年、老年的爹妈，带着孩子们来到《中国诗词大会》，在这里品味诗词，一展风采。因为，《中国诗词大会》不仅是你我的，也是中国的，更是世界的。

康 震

2017年6月11日

北京师范大学文学院

让我们与猿猱论到请貂煮茶

这是我们的生活 我们的欢乐

人生自有诗意 每天这样开始

中国诗词大会 中国人的回乡之旅

丁酉年 仲夏

康震撰并书

春天开始我们读诗

从蒹葭苍苍读到庚寅以降，从采菊东篱读

到明月天山，从坐看云起读到安得广厦

一路读过一路走来

有的是国风的古朴天真，离骚的卓绝逸响

有的是陶潜的怡然自得，太白的飘逸奔放

有的是王维的禅心如月，老杜的绝顶会当

让我们与东坡饮酒秦观夜话

嘉宾寄语

诗词之用

"诗词到底有什么用？"

一位同学曾经这么直白地问我。

既然他这么直白，我也只好直截了当地告诉他："没什么用！几乎没什么用！"

不过，庄子也说过："无用之用，方为大用。"

在诗词大会上，给我印象最深的是一位叫白茹云的大姐。场上我称她为大姐，董卿和康老师也跟着叫大姐，结果她还不乐意了，说其实自己很年轻，比我们都小。这时董卿说的一句话代表了我们的心声："这声大姐喊的不是年龄，是我们的敬重！"

就是这位普普通通的农家女子，她务农为生、家境清贫、病痛折磨、现实沉重，但她始终过着"诗意的人生"。白茹云六年前就查出了淋巴癌，丈夫在外打工，收入微薄，家中经济拮据，为治病欠下很多债。弟弟自小脑中生瘤，一发作就拼命抓头，为了照看、安抚弟弟，她开始为弟弟念诗、唱诗，由此走上了热爱诗词的道路。在生活的重重重压面前，白茹云一路走来，却没有丝毫的沮丧、不甘、愤懑与埋怨，她说因为有诗词一路陪伴，她说因为她喜欢那句"归去，也无风雨也无晴"。当她在诗词大会上念出郑板桥的那句"千磨万击还坚劲,任尔东西南北风"时,我感慨地评点说:"拥有如此淡定气魄的白大姐,真是我们每个人人生的一面镜子啊!"

让我印象深刻的还有一位16岁的中学生姜闻页,在赛场失利后,在他人咄咄逼人的气势下,她淡定地说出:

"草木有本心,何求美人折。我既然怀有颗喜爱诗词的初心,又何须输赢和胜负来鉴定我对诗词的热爱。"

那一刻,我忍不住评价说:"诗者志也,诗者心也,在我眼里,你才是真正的赢家!"

还有武亦姝,还有陈更,还有曹羽,还有彭敏,还有北师大校园里的"快递小哥",还有油田钻井平台上的"诗词男神"……还有很多很多这样平凡却优秀的人,他们"腹有诗书气自华",他们用诗词荡涤着灵魂,让世人看到即使在现实的重重迷惑中,仍有诗意的栖居,就在你我身旁!

其实,不只是诗词大会上的选手们,我想,在生活的角角落落,在生命的时时刻刻,一定有很多因为热爱诗词而坚守自我灵魂的人。这让我不由得想起柳宗元的那首《江雪》。诗云:

"千山鸟飞绝,万径人踪灭。孤舟蓑笠翁,独钓寒江雪。"

这是我们熟得不能再熟的诗了,可是说到这首诗的作用,很多人却未必明了。

柳宗元的这首《江雪》作于唐宪宗元和二年(807年),当时柳宗元因"二王八司马"事件被贬谪湖南永州,即今湖南永州醴陵。这一年的冬天,当地下了一场罕见的大雪,身处流放、贬谪困境中的柳宗元遂提笔写下了这首千古传诵的名作《江雪》。所以,一直以来,后人多以为这首《江雪》表达的是诗人孤独、困苦的心境。甚至还有好事者据此推测,说《江雪》是一首藏头诗,"千万孤独"四字,正是柳宗元的呐喊与彷徨。

可是如此一来,我们就会发现一个矛盾——不仅是历来的诗家、论家喜欢这首《江雪》,古来画家、丹青妙手们也尤喜以《江雪》意境入画。所谓"寒江独钓",禅境高妙,禅意与禅悦的表达正是由诗而画一脉相承的表现。

所以，甚至有论家以为，《江雪》一篇正是柳宗元禅悦思想的集中体现。

从呐喊与彷徨，到禅意与禅悦，理解大相径庭，差异何其之远！事实上，除了这两种截然相反的理解，还有政治批判说，以为寒江独钓是以严子陵高洁独钓自喻；又有政治希望说，甚至把寒江独钓比之姜太公垂钓渭水。真是"一千个读者眼中，就有一千个哈姆雷特"，经典作品总是给人无比丰富的理解空间。

事实上，联系柳宗元的人生经历我们就会知道，在这首《江雪》里，苦楚与孤独一定有，但超越与升华也同样在。其实，它最大的奥秘就在找回自我，达成与自我的和解。

柳宗元出身河东柳氏，是赫赫有名的名门望族，母亲则出身范阳卢氏，在看重门阀与贵族出身的唐代，这样的家世使得他少有凌云之志，久怀兼济之心。加之年少扬名，二十出头又高中进士，所以意气风发，锐意进取，终以极大的政治热情加入了永贞革新的改革。可是命运却兜头浇下一盆冷水，改革失败，柳宗元携母远谪永州。因气候恶劣，水土不服，柳母在永州不到一年就病逝了。柳宗元终于被逼到了人生的绝境——"千山鸟飞绝，万径人踪灭。"一切生机全无，一切希望湮灭！

可是，就是在人生最逼仄的困境里，一首诗、一首短短的五言绝句，却让柳宗元重新找回精神的自我——"孤舟蓑笠翁，独钓寒江雪！"山山皆白，万径绝灭，当尘世的喧嚣与浮华成为被摒弃的背景，那个"久在樊笼中"的自我，那个"我"身上早已丢失的灵魂，才终于被完整地找回。

关于柳宗元通过一首《江雪》找回精神的自我并完成与自我的和解，还有一个关键的证据，即不论是在柳宗元个人文学创作历程还是在中国古代文学史上，《江雪》的出现都代表了一个重要的节点——就在《江雪》之后，柳宗元开始创作了奠定中国古代山水游记散文基石的系列作品《永州八记》。像《小石潭记》《始得西山宴游记》《钴鉧潭记》等都是我们耳熟能详的作品，有些篇章还被选入中小学语文教材。游记散文的本质是带着自己的灵魂去发现山水的灵魂，柳宗元能终于从丧母之痛与政治悲情、人生困境里从容走出，一首小小的《江雪》，让他找回精神的自我，实在

功莫大焉，善莫大焉！

其实，不只是柳宗元，还有"种桃道士归何处？前度刘郎今又来"的诗豪刘禹锡，还有"路曼曼其修远兮，吾将上下而求索"的三闾大夫，还有"仰天大笑出门去，我辈岂是蓬蒿人"的李太白，还有"问汝平生功业，黄州惠州儋州"的苏东坡，还有"至今思项羽，不肯过江东"的女中豪杰李清照，还有"了却君王天下事，赢得生前身后名"的辛弃疾，还有"僵卧孤村不自哀，尚思为国戍轮台"的陆放翁，还有"险夷原不滞胸中，何异浮云过太空"的王阳明……数不胜数，叹不胜叹，历代前贤，志士仁人，莫不从一首诗、一句词里重塑过精神世界里伟大的"自我"。正是因为有精神世界的人格追寻，才终于成就现实世界的人格魅力。

所以诗词的用处是什么？

当人生得意时，我会提醒自己："不识庐山真面目，只缘身在此山中。"

当人生失意时，我会提醒自己："雄关漫道真如铁，而今迈步从头越。"

当面临非议与诋毁时，我会在心底告诉自己："谁怕？一蓑烟雨任平生！"

当在医院查出肿瘤时，我会笑着对安慰我的医生朋友说："人生自古谁无死，我也有丹心照汗青。"

当人生踽踽独行、孤单寂寞，甚至孤独包裹、苍凉袭来时，我会在心底一遍遍地默念："试问人间应不好？却道，此心安处是吾乡！"

所以，诗词从来不是决定输赢、彼此攻击，甚至提供炫耀、以资傲娇的力量。诗词只给人以修养，给心灵以港湾，给灵魂以芬芳。所以诗词是且只是一种抚慰心灵的力量、塑造精神的力量、滋养灵魂的力量！

那么，这种抚慰、塑造与滋养，该从哪里开始呢？

审美！

审美是一种能力，是一种出发，也是一种归宿。

读出诗歌背后的美，读出文字背后的灵魂与人生，或豪放，或婉约，或精致，或壮阔，让我们的心随之律动，与之交融，享受这样一段有关诗词的美的历程。

来吧——

人生自是有缘

相逢未必偶然

把手，高举过星辰

让对面的我

看见你，诗词的灵魂

……

沧溟先生 郦波

丁酉暮春于石头城畔水云阁

嘉宾寄语

春风吹水绿参差

　　自从今年春节诗词大会第二季热播后，我不知多少次被记者提问，你能想到诗词大会火成这个样子吗？每次我都坚定地说，我能想到，我不奇怪。真的，我不奇怪。因为，这是在中国。

　　我不知道，世界上还有哪个民族，像中国这样，给过诗词如此高的地位？我们奉诗词为经典，把《诗经》作为儒家六经之一。这部塑造中国人心灵的经典，不是讲真理，也不是讲道德，而是讲"桃之夭夭，灼灼其华，之子于归，宜其室家"，这是新娘的喜悦；它还讲"昔我往矣，杨柳依依，今我来思，雨雪霏霏"，这是征人的苦痛；它也讲"呦呦鹿鸣，食野之苹，我有嘉宾，鼓瑟吹笙"，这是宴会的热闹；它又讲"死生契阔，与子成说，执子之手，与子偕老"，这是友情的坚贞。这些喜悦也罢，痛苦也罢，热闹也罢，坚贞也罢，不仅构建了中国人的语言和审美，更构建了中国人的情感模式与价值判断，构建了中国式的文明。在这样的文明体系下，我们甚至发明出一个全世界独一无二的选举模式，让那些最会写诗的人成为官员，让他们用诗教去济世化俗。

　　我们敬诗人如神仙，让诗人成为全社会的明星。还记得李白吗？以布衣初入长安，凭一首《蜀道难》，让三品大员贺知章金龟换酒，呼做谪仙。岂止是贺知章，连当朝皇帝唐玄宗也把李太白奉若上宾，所谓"龙巾拭吐，御手调羹，贵妃捧砚，力士脱靴"，不仅刻画出了李白的潇洒，更刻画出了那个时代的伟大，一个皇帝向诗人致敬，权力向审美低头的唐朝，不才是我们梦中真正的盛世吗？李白不是唯一。若干年后，长安城里，一位权重一时的将军高霞寓看中了一个歌妓，要买到家里，独霸婵娟。没想到歌妓高傲地说："我诵得白学士《长恨歌》，岂同他哉！"顿时身价倍增。能诵得白居易《长恨歌》，已经如此神气，更何况是写下《长恨歌》与《琵琶行》的白学士本人呢！这位言浅而思深的大诗人赢得了社会各阶层最广泛的认可，在他去世之后，唐宣宗亲笔写下挽诗："缀玉联珠六十年，谁教冥路作诗仙。浮云不系名居易，造化无为字乐天。童子解吟长恨曲，胡儿能唱琵琶篇。文章已满行人耳，一度思卿一怆然！"这样的故事，本身就透着浓浓的诗意。

我们习惯用传唱千年的诗词来表达内心的情感。劝人进取，我们会说"长风破浪会有时"，慰人失恋，我们会说"天涯何处无芳草"，一到元宵节，电视屏幕上都写满了"火树银花合，星桥铁锁开"，一到母亲节，妈妈们的微信里全是"谁言寸草心，报得三春晖"。经过几千年的淬炼，已经有那么多属于诗词的意象深深根植于我们的心灵之中，比如，一看见红豆，就生出相思，一听见黄鹂，就觉出春意。甚至，不用走出家门，不用看见任何实情实景，只需拿起一本书来，看见"东篱"，就有闲情，看见"玉关"，便生苍凉。这不都是因为"红豆生南国，春来发几枝"，因为"两个黄鹂鸣翠柳，一行白鹭上青天"，因为"采菊东篱下，悠然见南山"，因为"羌笛何须怨杨柳，春风不度玉门关"吗！中国人创造了诗词，同时，也被诗词塑造着。

我们一直是一个感性而诗意的民族。我们从诗词中寻找美，从诗词中体味善。大观园的公子小姐们在一起聚会，不是像少年维特与少女绿蒂那样唱歌跳舞，而是以怡红公子、潇湘妃子、枕霞旧友这样的身份饮酒赋诗。同样的柳絮，"漂泊亦如人命薄，空缱绻，说风流"的，是林黛玉，而"韶华休笑本无根，好风凭借力，送我上青云"的，则是薛宝钗。我们相信，诗言志，诗如人。别以为这些公子小姐只是把诗作为悠闲生活的一点消遣。林黛玉正是震惊于"花绽新红叶凝碧"的美，才会由衷地感伤于花朵的凋零，红颜的易逝，进而才会有著名的葬花之举，这就是由美及善的明证。我一直认为，美是善的先导，如果一个人不会分辨美，欣赏美，他又怎么会产生呵护美，捍卫美的善念善行呢？诗也罢，词也罢，带给我们的，正是美的色彩，美的音韵，美的意境与美的情感，让我们善感而多情。

孔夫子说，《诗》可以兴，可以观，可以群，可以怨。其实，对中国人来说，诗早已融入血脉，成为我们文化基因的一部分。近代以来，激烈变动的生活和观念让这基因一度沉睡，但沉睡不等于寂灭，沉睡只是在积蓄力量。一旦春风吹起，这诗心诗意，又会像春草一样萌动，进而，更行更远还生。诗词大会是这缕春风，这缕春风背后，是传统文化重新定位的春天，更是中华民族伟大复兴的春天。我不大相信，诗词会重新成为中国文学创作的主旋律，但是我相信，经过古典诗词雅化的诗意的语言，诗意的审美，诗意的生活会受到越来越多中国人的认可与追求。就像我们在这次诗词大会的选手身上看到的那样，也像我们在这次诗词大会的观众身上看到的那样。

诗词大会火了，但它不是一场倏忽而至，倏忽而去的烈火，而是一泓涵养着无限春意的春水。在这届诗词大会结束的时候，我曾经引用过张栻的《立春偶成》："律回岁晚冰霜少，春到人间草木知。便觉眼前生意满，东风吹水绿参差。"我相信，东风来了，春天到了，诗词不仅属于风雅，更属于生活，不仅属于过去，更属于未来。

蒙 曼

诗词索引

先秦至魏晋南北朝

佚名
诗经·周南·关雎（29）
诗经·秦风·蒹葭（29）
诗经·卫风·淇奥（30）

孔子
论语·尧曰（131）

屈原
离骚（节选）（09）

佚名
敕勒歌（05） 长歌行（87）
无题（89） 迢迢牵牛星（125）

曹操
短歌行（93） 观沧海（97）

曹植
七步诗（57） 赠白马王彪（节选）（59）
白马篇（98）

陶渊明
饮酒二十首（其五）（20）
归园田居五首（其三）（51）

王籍
入若耶溪（124）

隋唐五代

卢照邻
长安古意（节选）（125）

李峤
风（89）

刘希夷
代悲白头翁（126）

陈子昂
登幽州台歌（125）

贺知章
回乡偶书二首(其一)(22/127) 咏柳(154)

王之涣
登鹳雀楼（61）

孟浩然
过故人庄（17） 宿建德江（126）

王昌龄
出塞二首（其一）（57）

王维

送元二使安西（15/114）　山居秋暝（15/63）
九月九日忆山东兄弟（18）
竹里馆（19）　相思（80）
鸟鸣涧（81）　鹿柴（116）
辋川闲居赠裴秀才迪（155）

李白

将进酒・君不见（01/52）
经乱离后天恩流夜郎，忆旧游，书怀赠
江夏韦太守良宰（节选）（07）
月下独酌四首（其一）（16）　梁园吟（26）
赠汪伦（48）　送友人（50）
闻王昌龄左迁龙标遥有此寄（55）
清平调三首（其三）（62）
沙丘城下寄杜甫（62）　上李邕（65）
庐山谣寄卢侍御虚舟（节选）（67）
秋浦歌十七首（其十五）（83）
把酒问月（节选）（103）
渡荆门送别（115）
望庐山瀑布（122）
宣州谢朓楼饯别校书叔云（122）
南陵别儿童入京（节选）（129）
梦游天姥吟留别（节选）（150）

崔颢

黄鹤楼（117）

高适

别董大二首（71）
别董大二首（其一）（120）　除夜作（128）

常建

题破山寺后禅院（95）

杜甫

春夜喜雨（48/63）　蜀相（49）
饮中八仙歌（62）　旅夜书怀（64/116）
闻官军收河南河北（64/91）
咏怀古迹五首（其三）（96）
春望（126）
江畔独步寻花七绝句（其六）（126）
月夜忆舍弟（128）
梦李白二首（其二）（155）

刘长卿

东湖送朱逸人归（126）

逢雪宿芙蓉山主人（155）

孟郊

游子吟（62）　赠农人（153）

崔护

题都城南庄（52）

白居易

赋得古原草送别（55）
琵琶行（84/124）　暮江吟（96）
望月有感（96）
长恨歌（节选）（96）
欲与元八卜邻，先有是赠（125）

刘禹锡

再游玄都观（37）　竹枝词二首（其一）（63）
金陵五题・乌衣巷（95）
秋词二首（其一）（101）

元稹

遣悲怀三首（其三）（58）　除夜（154）

贾岛

寻隐者不遇（62/126）　题李凝幽居（95）

张祜

何满子（147）

李贺

金铜仙人辞汉歌（118/153）
李凭箜篌引（125）

许浑

谢亭送别（26）

杜牧

赤壁（19）　泊秦淮（27）　山行（53）
清明（95/154）　寄扬州韩绰判官（124）
赠别二首（其一）（155）

温庭筠

商山早行（24）　更漏子・柳丝长（26）

李商隐

登乐游原（18）　锦瑟（26）
宿骆氏亭寄怀崔雍崔衮（31）

夜雨寄北（63）

黄巢
不第后赋菊（62）

李山甫
寄太常王少卿（35）

秦韬玉
贫女（11）

齐己
除夜（153）

李煜
虞美人·春花秋月何时了（55）
浪淘沙·帘外雨潺潺（155）

宋辽金

柳永
蝶恋花·伫倚危楼风细细（82）

王安石
北陂杏花（53）　元日（54）
登飞来峰（90/150）
题张司业诗（125）

晏几道
鹧鸪天·彩袖殷勤捧玉钟（26）

苏轼
念奴娇·赤壁怀古（02）
卜算子·黄州定慧院寓居作（24）
寒食雨二首（其二）（27）
江城子·密州出猎（88）
水调歌头·黄州快哉亭赠张偓佺（105）
定风波·莫听穿林打叶声（119/133）
定风波·常羡人间琢玉郎（127）
浣溪沙·游蕲水清泉寺（146）
江城子·乙卯正月二十日夜记梦（148）
黄州小诗（154）

秦观
鹊桥仙·纤云弄巧（61）

李重元
忆王孙·春词（82）

李清照
夏日绝句（126）

陆游
书愤五首（其一）（26）
卜算子·咏梅（61/63）
观大散关图有感（节选）（99）
游山西村（149）

范成大
送詹道子教授奉祠养亲（125）

杨万里
小池（03）　晓出净慈寺送林子方（126）

叶绍翁
游园不值（96）

朱熹
春日（02/114）

辛弃疾
永遇乐·京口北固亭怀古（25/144）
摸鱼儿·更能消几番风雨（59）
清平乐·村居（62）
破阵子·为陈同甫赋壮词以寄之（82/146）
沁园春·带湖新居将成（125）

岳飞
满江红·写怀（62/98）

翁卷
乡村四月（61）

文天祥
正气歌（154）

元好问
摸鱼儿·雁丘词（27）

元明清及现代

杨维桢
送僧归日本（节选）（33）

解缙
对联（69）

于谦
石灰吟（51）

孙承宗
渔家（154）

郑燮
竹石（21）

赵翼
论诗五首（01）

张问陶
嘉定舟中二首（135）

林则徐
赴戍登程口占示家人（27）

龚自珍
己亥杂诗三百一十五首(其二百二十)（01）
己亥杂诗三百一十五首（其五）（145）

毛泽东
沁园春·雪（02）
七律·长征（22）
七律·人民解放军占领南京（49/80/118）
忆秦娥·娄山关（52）
菩萨蛮·黄鹤楼（86）
卜算子·咏梅（87）
沁园春·长沙（144）

《中国诗词大会》电视节目主创人员

出 品 人	聂辰席	
总 监 制	魏地春　张　宁	
总 策 划	阚兆江　姚喜双　景　临	
总 导 演	颜　芳	
执 行 总 导 演	刘　磊	
现 场 导 演	王　珊　贺　玮	
学 术 顾 问	周笃文　钟振振　康　震　李定广	
题 库 专 家	莫道才　方笑一　李小龙　李南晖　江　英　刘青海 辛晓娟　李天飞	
电 视 策 划	邓　武　秦　翃　冷　凇　靳智伟　韩骄子	
切 换 导 演	殷鹤鸣	
前 期 导 演	汪　震　王萍萍　姚习昕　董宇卓　刘　敬　徐永洁 李思琪　易雅楠　叶一倩　李维天　陈丹霞　黄若茜 邹高艺　徐　派　彭钟男	
后 期 剪 辑	邓　肯　李　刚　张冰倩　魏　迪　李小双　胡淑冕 刘　班　张嘉麟　尹霞飞　王金新　徐　斌	
选 手 导 演	任琳娜　张迎迎　李　晨　刘　吉　卢海琦　武欣欣 纪润璇	
外 拍 导 演	曲大林　王　烨　赵伟行　杨海晨	
配 音	吴　疆	
技 术 监 制	智　卫	
技 术 协 调	栗小斌	
美 术 设 计	吕金明　吴　广	

美 术 制 作	景建农　孟　禹　徐　冰　王　杰
视 频 制 作	李真源　王山甲　林帝浣
评 分 系 统	沈豪杰　李　杰
大 屏 幕	阿　包
摄　　　像	许兴海　何旭刚　张　宇　刘　皓　李虎军
灯 光 设 计	曲国军
灯 光 制 作	童仪德　曲东辉
视 频 技 术	盛　楠　廖森波
音 频 技 术	刘　旭
音 乐 制 作	达　达
后期视频技术	李小龙　张济羽
化　　　妆	韩　鎏　王　楠
新 媒 体 监 制	钱　蔚　罗　琴　晋延林　宋维君
新 媒 体 执 行	赵军胜　刘　铭　黄丽君　马　桦　石　岩　田楚韵　张曦健
宣 传 推 广	陈　忠　于　淼　胡云龙
统　　　筹	张广义　闫　东　容　宏　张　艳　吕通义
节 目 编 排	洪丽娟　王立欢　赵津菁　翟　环　张学敏　贾　娟　朱宏展
责　　　编	王志刚　谢　智
制　　　片	贾同杰　李春涛　贾志超　吴　泽　孙阅涵　侯佳丽　张　丹
监　　　制	王新建

主 办 单 位	中央电视台
联合主办单位	共青团中央
	国家语言文字工作委员会
鸣　　　谢	上海市语言文字工作委员会
	共青团广东省委员会
	共青团四川省委员会
	秦皇岛市教育局
	秦皇岛山海关区政府
	中华书局
	湖南大学
	陕西师范大学
	北京师范大学中华传统文化学科交叉平台
	北京语言大学研究生院
	上海商学院
	中国农业银行
网　络　支　持	央视网

创造性转化与创新性发展

——《中国诗词大会》的创新探索

2017年初,《中国诗词大会》第二季成功引爆了全民追看诗词的屏幕热象,成为继"春晚"之后全国阖家老少共同追看的现象级文化节目,开创了春节的新年俗。人民日报、新华社、解放军报、光明日报、文汇报等50多家媒体纷纷对节目进行报道和评论,聚焦热度一直持续到"两会"期间。《中国诗词大会》第二季的走红,不仅彰显出中华民族强大的文化自信,也展示出央视作为国家电视台在传承弘扬中华优秀传统文化方面的责任感与创新力。

习近平总书记说过,文运同国运相牵,文脉同国脉相连。作为中华民族的"根"和"魂",优秀传统文化承载着中华民族最根本的精神基因和最独特的精神标识,像种子一样深深根植在国人心里。近年来,央视推出的一系列比较有影响的文化节目,比如《中国汉字听写大会》《中国成语大会》《中国诗词大会》等,都是贯彻习近平总书记的系列重要讲话精神,开拓创新的成果。

2017年初,中办、国办发布了《关于实施中华优秀传统文化传承发展工程的意见》,将习近平总书记关于文化传承的一系列重要讲话的论述和观点做了集纳与梳理,第一次以中央文件的形式,专题阐述优秀传统文化的传承发展工作，将"创造性转化、创新性发展"写入指导思想，作为中华优秀传统文化传承发展必须遵循的基本方针，深刻回答了文化传承发展的路径和方法问题，也为中央电视台的文化宣传工作提供了重要的指导方针。

总结《中国诗词大会》第二季的成功原因，就是在创造性转化和创新性发展上下足了功夫，准确地把握住了"守"和"变"的关系，在节目内容、嘉宾点评、赛制形态和选手表现等各方面做了开拓性的创新探索。

从节目内容上看，《中国诗词大会》第二季将入选节目的诗词从《诗经》一直拓展到现当代的毛主席诗词，既植根传统文化，又聚焦时代精神，最终落在社会主义核心价值观的追根溯源、生动诠释和大力弘扬上。像《七律·长征》《沁园春·雪》等十几篇脍炙人口的名篇佳作，以各种题型出现在每一集节目中，引发了观众的极大共鸣。

从嘉宾点评上看，王立群、康震、蒙曼、郦波四位嘉宾的点评通俗易懂，精准独到，不着痕迹地实现了"从传统文化中挖掘时代内涵，培育新时代下的新文化"的核心节目立意，增强了观众对诗词名句的接受度，也增加了节目中诗词、诗人和历史的文化厚度，言谈举止间传递着文化自信。专家的点评金句在网络上迅速热传，成为一大亮点。

从赛制设计上看，"飞花令"的赛制创新做到了真正的"创新性发展"。"飞花令"源自古人行酒令时的文字游戏，得名于唐代诗人韩翃的名句"春城无处不飞花"。《中国诗词大会》第二季借鉴"飞花令"的形式，用"花""云""春""月""夜"等诗词中的高频字，为每场比赛设置一个关键字，由两位选手轮流背诵含有关键字的诗句，直至产生获胜者。选手必须在极短时间内完整说出一联诗句，不仅考查诗词储备，更是临场反应和心理素质的较量，信息量大，节奏感强，观赏性和期待度高，把内在的文化担当巧妙地转化成了轻松愉快的比拼形式，让大家在快乐中汲取精神营养。

　　从选手表现上看，一百位从全国各地普通诗词爱好者中遴选而出的选手接地气、有根基。他们中既有大学教师，也有普通农民，还有在中国学习、工作的外国人，年龄则上至七旬老人，下至七岁儿童。节目在比拼诗词时，讲述选手与诗词结缘的感人故事，不仅展现诗词之美，更看到了诗词熏陶下的高尚灵魂。独臂女孩张超凡腹有诗书气自华，用甜美的微笑、自信的应答赢得全场的喝彩；修自行车的王海军老大爷边修车边作诗，看似南辕北辙的两件事，却充实了他生命的每一天；从事高压电作业的小伙子毕凯在每天繁重的工作之余抄读自己最爱的古诗文，他身上的纯净质朴，让观众看到了当代年轻人的精神风貌；抗癌农民白茹云用诗词磨练意志，用诗词慰藉心灵，展现出顽强的生命力，也留给观众深深的思索。

张　宁
中央电视台副总编辑

图书在版编目（CIP）数据

中国诗词大会. 第二季. 上册 /《中国诗词大会》栏目组编著.
— 北京：北京联合出版公司，2017.7（2020.4 重印）
ISBN 978-7-5596-0605-1

Ⅰ. ①中… Ⅱ. ①中… Ⅲ. ①古典诗歌－诗歌欣赏－中国②词(文学)－诗歌欣赏－中国－古代 Ⅳ. ①I207.2

中国版本图书馆CIP数据核字(2017)第132825号

中国诗词大会第二季（上册）
ZHONGGUO SHICI DAHUI DIERJI　SHANGCE

《中国诗词大会》栏目组 编著

策划统筹：王文洪
责任编辑：宋延涛
书籍装帧：刘秀红

出　　版：北京联合出版公司出版

（北京市西城区德外大街83号楼9层 100088）

发　　行：北京联合天畅发行公司发行
经　　售：新华书店经销
印　　刷：北京美图印务有限公司
规　　格：710毫米×1000毫米　1/16
印　　张：12.25
字　　数：175千
版　　次：2017年7月第1版　2020年4月第13次印刷
书　　号：978-7-5596-0605-1
定　　价：34.80元

版权所有，侵权必究

未经许可，不得以任何方式复制或抄袭本书部分或全部内容。
本书若有质量问题，请与本公司图书销售中心联系调换。电话：（010）64243832